閣下、この恋はお仕事ですか？

登場人物紹介
オルフェーゼ
容姿端麗な伯爵。
とある大臣の
悪事をあばくため、
リースルを
ニセの婚約者に
仕立てる。
リースル
エスピオンと呼ばれる
密偵として、代々王家に
仕えている一族の家長。
長らく任務がなかったが
突然、特命を受けて——!?

デ・シャロンジュ
内大臣を務めている公爵。
悪事を働いているらしい。
パッソンピエール
オルフェーゼの友人。
おおらかで優しい人物。
ローザリア
オルフェーゼの取り巻きの
貴族令嬢。
ブリュノー&ジゼル
オルフェーゼの家に仕える
執事と侍女頭。
サリュート
第二王子。
オルフェーゼと親しい。

プロローグ　忘れ去られた家の娘

秋盛りのアルディアン王国郊外。小さな森の奥へ続く小道は、鮮やかに色づいた広葉樹に飾られていた。

その美しい彩りを割いて走る黒い馬車がある。

「この古い書状が正確ならば、この家がそうか……停めろ」

馬車の座席で黙り込んでいたオルフェーゼは突然、声を上げて馬を停止させた。それは、小さな屋敷――というより、ただの古い家の前だ。

馬車の窓から見えた建物は想像以上に慎ましい佇まいで、オルフェーゼを驚かせる。

彼は髪をかき上げて自分の服装を見下ろした。

刺繍が施された濃い紫の上着をはおり、首には白絹を巻いている。地味な服装を選んだつもりだったが、こんな簡素な家を訪ねるのには、これでも場違いかもしれない。

――今さら、この家に何を期待されるのだか、あのお方は。

そう考えながら帽子を被り、辺りの様子を探りつつ馬車を降りた。御者には動かないように指示を出す。

馬車の音を聞いたからか、中年の女性と少女が二人、家から飛び出してきた。最後に年老いた女まで出てくる。皆、そろって驚いた顔をしていた。

顔立ちが似ているので、親子に違いない。全員、これといって何も特徴のない容貌だった。

――こんな平凡な者達が、あの一族だというのか？　今の当主は女だというが誰がそうなのだ。

本当にこの中に俺の「婚約者」がいるのか？

オルフェーゼはしばし愕然としたが、努めて冷静な声で名乗った。

「……前触れない訪問を失礼する。私はオルフェーゼ・テオ・ディッキンソン。伯爵だ。こちらのご当主はどなたかな？」

目を丸くしている子ども達を驚かせないように、できるだけ穏やかに話した。

そこに突然何かが舞い下りる。

「……っ！　なんだ⁉」

彼は咄嗟に腰を落とし、上着の下に帯びている剣に手をかけた。

不自然なほど多くの木の葉が降ってくる。まるで金色の吹雪のようだ。

不意に木の葉の中心に人のような形が現れる。

「……どなたですか？」

落ち着いた声が、その人影から発せられた。どうやら女のようだ。

「お前……お前がそうなのか？」

「あなたはどなたですか？」

オルフェーゼのつぶやきに、影が再び問いかけた。

それは、男のような革の服を纏った、平凡な若い娘だ。だが、身に纏う雰囲気が明らかに普通と違う。

彼女は短刀を逆手に構え家族を背に守りながら、一分の隙なく自分を見つめていた。

＊＊＊

時は数時間前に遡る。私――リースルは森の中にいた。

朝の森が好きだ。

ひんやりした空気と緑の匂い。一日の活動を始めようとする様々な生き物の気配が、そこら中で感じられる。

特にこの時期の森は豊かで、樹々は色づき、動物は冬に備えて毛皮を厚くする。

私は秋の森を動き回りながら、ささやかな喜びを味わっていた。

今ここで最も見栄えがしないのは、茶色い革の服に身を包んだ私だろう。

けれど革の服は粗末でも丈夫だ。すっかり柔らかくなったそれは体に馴染んでいて動きやすい。

「この辺りで兎でも獲ろう」

朝の獣は腹を空かせてよく動くため、労せずして見つけられる。鍛錬を兼ねた早朝の食料調達は、私の日課だった。

私は手近な木の枝によじ上り獲物を待つ。

ほどなく、丸々肥えた灰色の兎が姿を見せた。周囲を警戒しているが、頭上にまでは気が回らないようだ。

私は軽く腕を振って、小さな刃を投げた。兎がどっと倒れる。

「無駄なくいただくから許してね」

私は兎の耳を掴んで跳び、大きな枝の上でその喉を割いた。地面で血抜きをすると、野犬などの獣が集まってしまうのだ。血抜きを終えると、手早く油紙に包んで背中の袋に入れる。

肉は二日ほど置いてから食べるのがいい。残りは燻製にして冬の備蓄にするのはどうか。

あとは野生の果実や薬草を採集しながら帰ることにしよう。今朝はかなり遠くまで来てしまった。

そんなことを考えつつ、家路を急ぐ。

「何あれ?」

家の前の空き地に黒い馬車が停まっていた。

二頭立ての小さな箱馬車だ。御者は一人。

地味ではあるが立派なので、おそらく貴族のものだ。しかし、普通なら馬飾りや扉に印されているはずの紋章がない。

悪意や殺気は感じられないが、得体が知れないのは不気味だ。

――あ、誰か出てきた。

自ら扉を開けて降り立ったのは、濃い色の服を着た長身の男である。仕立てのいい上着、つば広の帽子。目立たないようにしているつもりなのかもしれないが、派手な容姿のせいで完全に失敗していた。

彼の優雅な所作から見て、間違いなく貴族だろう。命じることに慣れた尊大さも感じ取れた。

馬車の気配を察して、家族が飛び出す。

男が家族に向かって一歩踏み出したので、私は慌てて近くの枝を短剣で薙ぎ払った。葉を散らして即席の目くらましにしたのだ。そして、木の葉に紛れて男の前に立った。

男が驚いたように翠色の目を見開いている。

私は家族を背にして短剣を斜に構えた。

男もしっかり間合いを測り、いつでも攻撃に転じられるように腰を落としている。その動きを見ただけで相当な使い手であることがわかった。ただでさえ彼の持つ剣は長い。戦闘になれば男のほうが有利だ。短剣を囮に目を狙えば、勝てないことはないが、どうしよう。

そこまで考えた時、男が剣にかけていた手をゆっくりと下ろした。敵意がないということか。

彼は帽子のつばに指先をかけ、いかにも上等なそれを脱いだ。露わになった男の容貌に、私は人生で初めてと言っていいほど驚いた。

その男は見たこともないような美男子だったのだ。

――うわぁ……この人、生粋の貴族だ。纏う空気が私達とは全然違う。

後ろで軽く結わえられた豊かに波打つ髪は、周りの樹々よりも眩しい黄金色。そして髪と対比をなす翠の瞳。春の苔みたいに鮮やかなその翠の中に、金色が混じり、希少な宝石のようだ。不愉快そうに歪められている形のよい唇に加え、均整のとれた長身に似合う趣味のよい服装。

——なんて素敵……って、いやいやいや！　知らない男に見蕩（みと）れてどうする。彼が何者かすらわからないのに。

男は私をじっと見つめていた。私達は、しばらく黙りこくったまま互いの姿に見入る。

それが、私とオルフェーゼ様の出会いだった。

私の生国（しょうごく）、アルディアン王国は豊かな国だ。

国土は広くはないものの、技術力が高く、特に繊維業と木工、金属加工に優れている。

立地もよく、各国の商人達が行き交っていた。

商都と言われる王都アルディアでは、王城を中心によく手入れされた建物が美しい街並みを作っている。

かつては隣国との戦争もあったが、それも今は昔。治安もよく、王家の跡目争いもない。

王国は平和を誇っていた。

……我が家以外は。

現在私が家長のヨルギア家は、アルディアン王室のエスピオンを務めている家だ。

エスピオンとは、諜報（ちょうほう）活動をする者のこと。

下っ端（したっぱ）なので、尊い（とうと）王族の方々から直々（じきじき）に命を受けるわけではない。王室の「懐刀（ふところがたな）」と呼ばれる一族に命じられ、暗躍していたと、父からは聞かされていた。

間諜（かんちょう）として敵国に潜（もぐ）り込み、人や物の探索や情報操作、破壊活動などを請け負ってきたのだ。国内でも、王家に禍（わざわい）をなそうとする輩（やから）を密かに葬（ほうむ）ったらしいが、今となっては見る影もない。

我が家が華やかに活動していたのは、曽祖父の代までだ。

曽祖父はエスピオンとしての功績が認められ、准男爵という一代限りの爵位と、王都郊外の森に小さな土地をもらった。その頃が我がヨルギア家、最後の栄光の時代だったらしい。

やがて、国内外の争いが収まり始めてしまう。祖父の時代にはまだ年に幾度（いくど）か仕事をもらえたヨルギア家も、父の代になってからはほぼ御用を仰（おお）せつからなくなった。

それでも父は、命を捨てる覚悟で、王家とそれに準ずる方々を守らなくてはならないと、常々私に言って聞かせたのだ。

どんどん衰退していくヨルギア家の苦しい家計をしのぐために、父自身は身分を隠して民間の仕事を引き受けるようになっていた。

もっとも父は、この家の仕事がなくなることは平和の証（あかし）であり、よいことだと思っていたらしい。特に不満を漏らすことなく、貧しいまま世を去った。

私は父に教えられた技術を、食卓に上る肉を獲ることに活かしている。気楽だし、暗殺なんて私には向いていないから、それで一向に構わない。

唯一残っている王家との繋がりは、年に一度のわずかな手当だけだ。王家からの御用命を賜（たまわ）る機会などあるはずもない。

そう。ヨルギア家は、国からも、主（あるじ）からも忘れ去られているのだ。

多分、私の代でエスピオンとしてのヨルギア家は終わる。わずかに残された家の誇りが心の片隅で疼かないでもないが、時代の流れに逆らう気はない。
そう思っていた――今日までは。

突然現れた男は、おもむろに口を開いた。

「――お前がヨルギアの後継なのか？」

どうやら私はしばらく言葉を失っていたらしい。長身の男は嫌そうに眉根を寄せた。

美男子はそんな表情も様になる。

「は？」

「同じことを二度言わせるな。お前がヨルギアの後継か？」

「は、はい。私は現ヨルギア家当主、リースル・ヨルギアです……と申します、閣下」

男の顔に見蕩れていた私は、間抜けな返事をしてしまった。

――ああ、めちゃくちゃ恥ずかしい！

「そうか、地味な女だな」

私は二の句が継げない。のっけから失礼な美男子だ。

彼は我が家に用があるらしい。

私は尊大なこの男を我が家の古ぼけた客間に通した。あまり気乗りはしなかったのだが、母に命じられたため仕方ない。御者は外で待つと言うので無理には勧めなかった。

案内した客間で男は物珍しそうに室内を眺めた。

部屋は窓が小さく、昼間でもあまり明るくない。そんな中でも、彼の金髪は見事に輝いている。上着についている金属の飾りもきらめいていた。全身金ぴか。

そう、この金ぴか男はまだ名乗りもしない内から、私の外見を評価したのだ。

――地味な女。

確かに私は地味だ。平均的な身長と体つき。髪と瞳の色はこの国で最も多い茶色。顔立ちはヨルギア家の遺伝で美人でも不美人でもない。おまけに、丈夫だけが取り柄の茶色の革の上着をはおり穿いているのは男物のトラウザーズ。ついでに長靴も同じ色だ。

対してその男は、煤けた居間に不釣り合いなほど輝いていた。

刺繍を施された紫の上着の裾は後ろで跳ね上がり、そこから長剣の先が覗いている。胸もとにさらりと巻いたレースつきの布は、私の持っている服をすべて売っても買えないくらい上等なものに違いない。見た目だけでなく所作も優雅で、要するに絵に描いたような貴公子だ。

しばらく周囲を見ていた男は、やがて私に視線を向けた。

「こんなのを婚約者にせねばならんとはな。まったく」

彼は心の底から嫌そうにため息をついた。

「は？　コンヤクシャ？」

聞き慣れない言葉に、私はまたも間抜けに返してしまう。

「やれやれ、どうやら頭も弱いと見える。リースル・ヨルギア、私はディッキンソン。オルフェーゼ・テオ・ディッキンソン。伯爵だ。この家、いやお前に命を下すために王都から出向いた」

今までで一番長くしゃべったその声は、外見と同じように美しかった。心を滑らかに撫でるように低く、深い。

「おい、聞いてるのか？」

せっかく感じ入っていたというのに、ぞんざいな言葉が投げつけられる。

「あっ、はい。聞いております。命とおっしゃられましたか？」

「やっとまともな返事をしたな。そう、命、命令だ。いいか、謹んで受けよ、リースル・ヨルギア」

「は！」

突然威厳を増した男の声と態度に応え、私は父から教えられた通りに片膝をついた。

我が家に命を下すことができるのは、王家と、それに忠誠を尽くす「懐刀」の二つ名を持つ家——ディッキンソン家のみ。つまりこれは、十数年振りにヨルギア家が賜る主命だった。

私は緊張しながら首を垂れ、次の言葉を待つ。

「リースル・ヨルギア。お前は私の婚約者となって社交界に潜入し、不徳の輩、内大臣、デ・シャロンジュ公爵の不正の証拠を掴め」

あまりにも予想外の内容に驚いて倒れそうになるのを、私は必死で堪えた。

1　伯爵とエスピオンの娘

『私の婚約者となって社交界に潜入し、不徳の輩、内大臣、デ・シャロンジュ公爵の不正の証拠を掴め』

　何十年振りかで我がヨルギア家にもたらされた命令は、耳を疑うものだった。

――すっかり庶民のこの私に、見るからに貴族のこの人の婚約者になれって言ったの？

　跪いたまま固まっていると、ディッキンソン伯爵は私を猫のように摘み上げ、我が家の古ぼけた長椅子の上にぽいっと放り投げた。

　難なく受け身を取って椅子に収まった私の前に、彼はどっかりと腰を下ろす。その重みで、ばねの弱くなっている椅子がめきめきと悲鳴を上げた。

「一応の体術は身についているようだな。それに、突然訪問した私にお前の母御と婆様はあまり驚いていない。さすがヨルギア家と申し上げておこう」

　扉の近くに立っている母と祖母を見ると、緊張してはいるものの、彼の言葉通り困惑した様子はなかった。自分の夫を任務に送り出したことがある彼女達は、静かに伯爵の言葉を待っていた。

「よく聞け。我がディッキンソン伯爵家は、古くからアルディアン王室の忠実な僕である。古くは『王家の懐刀』という二つ名で呼ばれたこともあったものだが、今では知らぬ者のほうが多い。それでも国や王室のために、密かに働いている。一応」

「……ご立派なことでございます」

――一応？　一応ってどういう意味だ？

もっとも私は、ディッキンソン伯爵家の名前をよく知っていた。

戦乱の時代に王室と我が家を繋ぐ役割を果たしていた家で、曽祖父はその当主と轡を並べて戦ったことがあるらしい。

――それなのになんで一応？　確かに、懐に忍ばせておくには少し派手すぎる刀だけれど。

私は向かいに座った男の次の言葉を待った。

「王国も王室も、ここ数十年は天下泰平だ。それはお前も承知していると思うが、実は最近、少々不穏な動きをする者が出始めたのだ」

「不穏な動き……それがさっきおっしゃっていた、デ・シャロンジュ公爵という方ですか？」

「存外物覚えがいいではないか。そうだ」

デ・シャロンジュ公爵とは、王家のご親戚でもある大貴族だ。この数年は内大臣を務めている。

最近の王宮事情に疎い私でも名前くらいは知っていた。

「その方が不正を働いている、と？」

「まぁ簡単に言うとそうなる」

「名誉ある公爵家であらせられますのに？」

「家柄は関係ない。爵位とは確かに、名誉な行いに対して与えられるものだが、公爵家はそうではない。デ・シャロンジュ公爵家は王家の親戚というだけの家名だ」

「差し出たことを申しました。それでは、婚約とはどういう意味でしょうか？」

はっきり言って、そこが一番気になっている。

あまりに直球な質問に一瞬怯んだようだが、すぐに気を取り直したディッキンソン伯爵は嫌々という態度丸出しで語り始めた。

「……これはまだ確証を掴んではいないことだが、デ・シャロンジュは内大臣という立場を利用して三年前から不正を働いているようだ。商業組合に便宜を図る代わりに賄賂を要求したり、御用達品の入札時に談合をしたりしている。それだけではない。王家に献上された様々な分野の最新技術を秘密裏に外国へ売ろうとしているという。聞いたことはあるか？」

「恥ずかしながらございません。ですが、お伺いした限りですと……つまり、デ・シャロンジュ公爵は汚職をなさっているという理解でよろしいでしょうか？」

「そう考えて構わない」

「では、どうかお話の続きを」

なんだかディッキンソン伯爵は苦手だが、とりあえず話を全部聞かないことには始まらなかった。それに彼の話自体は、要領よく纏められていてわかりやすい。

「私はある人物に公爵を調べるように言われている。奴はとても用心深くてなかなか尻尾を出さない。それで思い切って正面から探ることにしたのだ。私ほどの有名人が婚約をすれば社交界では大騒ぎになり、夜会や茶会に引っ張りだこになる。つまり、デ・シャロンジュと顔を合わせ、話をする機会が必然的に増えるということだ。うまくすれば屋敷に招かれて内部を調べられる。お前の出番だ」

「なるほど」

「屋敷に潜入することもあるかもしれない。長年王家から援助を受けていながら、まさか本来の生業を忘れたとは言わせん。できるな？」

――強引だな、この人。

「……それでどうして私が閣下と婚約をするのですか？」

「嫌なことだが仕方がない。派手好きで抜け目のない公爵は、この手の話が大好物だ。奴からこちらに近づいてこさせるには、これが一番の手と思われる」

「どうして婚約者が私でなくてはならないのですか？」

「他に誰がいる？」

「何も私が婚約者にならなくても……と思うのです。閣下はご身分の釣り合うご令嬢と婚約し、私はその方の侍女になりすます、ではいけませんか？」

エスピオンは目立つことを避けるものだ。それに、どうも私はこの貴公子とうまくやれる自信がない。

「お前わかってないな。私が本当のご令嬢と婚約するわけがないじゃないか」

ディッキンソン伯爵に憎たらしいほど綺麗な微笑を向けられ苛立つが、顔には出さない。

「どうして、でしょうか？」

「私を慕ってくれているご令嬢と婚約破棄するのは忍びないからな」

「そのままご結婚してしまえばよろしいのでは？」

「そんなことをする気になれない。縛られるのは家だけで十分だ」

なるほど、まだ遊び足りないということらしい。彼は自分の魅力を十分承知していて、それを楽しんでいるようだ。

「エスピオンは陰の役割。表に出るのは、少し荷が重いと正直感じます。私自身、伯爵家の婚約者なんて畏れ多くて」

「お前の気持ちなど関係ないし、興味もない。これは命令なのだ。お前も、お前の家にも断る権利はない」

「……おっしゃる通りでした。ご下命、感謝いたします」

「わかればいい」

おとなしく引き下がった私に、ディッキンソン伯爵は答えた。

上背があるせいで、座っているのに常に見下ろされる形になるのが癪だ。それに、こんな男が我が家に命令を下す立場にあることにも腹が立つ。

わかっている。どんなに嫌な相手であろうと、主は主、王家から遣わされた貴人なのだ。

彼の来訪が意味するのは我が家が忘れられていたわけではなかったということ。そして今、任務が下された。

感謝こそすれど、不平不満を言える立場ではない。それに少なくとも、報酬を得られれば、家族に今より楽をさせることができる。

「婚約といっても、デ・シャロンジュの悪事の証拠を掴むまでのことだ。仕事が終わったら円満に解消してやるから心配するな。後払いになるが、報酬もたっぷりはずむ。悪い話ではないはずだ。家族が大事だろう？　もとよりお前に選択権などないがな」

「……それは脅しでしょうか？」

悔しくなって、私はほんのわずかに反抗してみた。

確かに彼にとって私など単なる道具にすぎないだろう。それでも少しは言い返したかったのだ。けれど、ディッキンソン伯爵は私の放った小さな嫌味の矢を平然と受け止めた。

「いや、ただの説明だ。何度も言っているが、これは命令なのだ。私にしてもお前のような、ぱっとしない女を婚約者に据えるなど、大いに不名誉で不本意である。しかし、主家のためには多少のことなら目を瞑らなくてはならん。それが貴族に生まれた者の務めであるのでな。うん」

そう言って伯爵はきらきらしい、けれど禍々しい一瞥を私に向けた。

「さぞ社交界は大騒ぎになるだろう」

「大騒ぎはエスピオンの本意ではないのですが」

私は社交界の大騒ぎとやらを想像し、げんなりした。伯爵家の婚約者、……一体どんな任務になるというのか？　面倒なことになるのは絶対に間違いない。

「まぁ、そのちんけな様子では、しばらく我が家で教育を受けてもらわなければ。私は恥をかく気はないからな」

「しばらくって、閣下はこの仕事にどのくらいの期間を見ておいでですか?」

この家の稼ぎ頭(がしら)は私だ。報酬が後払いになるなら、あまり長い時間をかけるのは憚(はばか)られた。

「そうだな、ざっと半年というところか?」

「半年!」

「貴族の婚約期間は最短それくらいなのでな。手始めにお前の教育をし、諸々の段取りをつけたのち、証拠を掴(つか)む」

「……今は秋ですから春を過ぎるということでしょうか?」

「春の社交期が終わった頃結婚する貴族は多いので、そうなるな。ああ、その間、こちらの家族が不自由しないように取り計らっておく。再度言うが、この家にとって悪い話ではないはずだ」

「……感謝いたします」

確かに悪い話ではない。それに裕福な平民が増え貴族達が身近になったとはいえ、王家は別格、ディッキンソン伯爵はその別格に遣わされた人間だ。断ることなどできるはずもない。

美しい男は無情な笑顔で迫った。

「さぁ、返事をせよ。命を受けたら承諾するのが理(ことわり)だろう」

「リースル、これは大切なお役目よ。私達のことは心配しないで行っておいで」

私が返事をするより早く、母がそう言った。祖母に手を繋がれた妹達は黙って様子をうかがっている。

「そうだよ。リースル、お行き。行ってヨルギア家の誉(ほまれ)たるお勤めを果たしておいで」

「お母さん、おばあちゃん……」

二人は微笑んでくれた。

「ほう。母御(ははご)と婆様(ばあさま)もああ言ってくださっているじゃないか」

ディッキンソン伯爵は快活に言った。

「お姉ちゃんお仕事に行くの？」

「えっと……」

わけがわかっていないらしい幼い妹達に、すり寄られた。祖母、母、妹——私の大切な家族。

なんと説明していいのかわからない私に代わり、ディッキンソン伯爵が立ち上がった。彼は意外にも、妹達の前に膝を落としたのだ。

「大丈夫だ。そなた達の姉上はしばらくこの家を留守にするが、春を越した頃には帰ってくる。土産(みやげ)をたくさん持ってな。約束しよう。ご家族も安心されよ。私が一切の責を負う」

そう言って彼は大きく頷いた。なんだか私に対する時と態度が違う。子どもと老人には優しいのだろうか。だとすれば口ほど悪い人ではないのかもしれない。

「ありがとうございます。伯爵様」

「存分にこの娘を使ってやってくださいませ。それがヨルギアの誉(ほまれ)でございます」

祖母と母がしっかりとした声で答えた。これで私の心は決まった。

「わかりました。謹(つつし)んでお役目、お受けいたします。ディッキンソン伯爵閣下」

立ち上がったディッキンソン伯爵を前に膝を折って私は宣言した。

「それでよい。すぐに参るぞ。支度をするように」

「は！」

「荷物は最低限で構わない。一生かけてもできないような贅沢をさせてやる」

「……ありがたき幸せ……」

あんまり幸せには感じなかったが、一応、型通りに応えておいた。

こうして私は、祖母と母、幼い妹達を残して王都へ――ディッキンソン伯爵の屋敷へ赴いたのだ。王家に仇なす悪徳貴族を排するために。


黒い馬車は森を抜けて、都へ向かって走っていた。

王都アルディアには何度か行ったことがある。風景はとても美しく、これぞ王都という感じだ。

しばらくして、その王都の上級貴族が住む屋敷が並ぶ地区まで着いた。さすがにここまでは来たことがない。建物はどれも白を基調として上品だった。いわゆる社交期用の別宅で、前庭に噴水や花壇が造られた、優雅なものばかりだ。

その中の比較的小さな屋敷がディッキンソン伯爵の邸宅だった。小さいとは言っても、我が家が軽く二十個は収まりそうだ。

その趣味のいい美しい邸宅の門を、馬車はくぐり抜けた。前庭の噴水の周りをぐるりと回り、正面玄関の庇の下で停止する。

道中私はディッキンソン伯爵と向かい合って座りながら、言葉を交わすことも視線を合わせることもしなかった。

そんな不思議な静寂に包まれた馬車の扉が開くと、すぐに執事と思われる中年の紳士と、飾りけのない服を着た婦人がディッキンソン伯爵に駆け寄った。

「お戻りなさいませ。オルフェーゼ様」

紳士は私にも、恭しい礼を取る。ご婦人のほうは、私に対して好奇心を全開にした。

「まぁまぁまぁ！　旦那様！　そのお嬢……様？　は、一体どなたでございますか？」

――今、変な間があった。笑顔でごまかしてるけど、「お嬢」と言った後に一拍置かれたのは、絶対、気のせいじゃない。

私が男か女か、一瞬判断できなかったのだろう。

男物の革の服に貧弱な体つき、髪は肩までしかないから無理もないけど、少しむっとくる。

「ああ、今戻った。これはリースル・ヨルギアだ。これから私と仕事をしてもらう。すまんがブリュノー、ジゼル、共に今からこの娘を私の婚約者として、どこに出しても恥ずかしくないように磨き上げてほしい」

「かしこまりました」

ブリュノーと呼ばれた紳士がなんの説明も求めず、即座に了承した。

「え？　あの？」

言うだけ言って、すたすたとどこかへ行ってしまうディッキンソン伯爵に、私は大いに戸惑う。

「ではリースル様、参りましょうか」

「は……あの、どこに？　私、何もわからないのですが」

「大丈夫でございます。まずはお風呂とお着替えをいたしましょう。私はブリュノー、こちらで執事を務めております。これはジゼル。この屋敷の侍女頭で、お嬢様のお世話をいたします」

ブリュノーさんはさきほどのご婦人を紹介してくれた。

「はぁ……お世話、ですか？」

お嬢様と呼ばれたことに気恥ずかしさを感じながら私はつぶやいた。世話される、とはどういう意味なのか、よくわからない。

「はい、なんでもおっしゃってくださいましね。さぁ、こちらに」

ジゼルさんは品よく膝を屈め一礼すると、前に立って屋敷の奥へ私を案内した。

屋敷の廊下はたくさんの花や彫像が置かれ、とても綺麗だ。

家を出たのは朝方だというのに、なんだか何日も前のことのように思える。家から馬車で三時間、たったこれだけでここまで環境が変わるとは。私の日常はすっかり失われた。

オルフェーゼ・テオ・ディッキンソン伯爵——私は彼の婚約者となる。


数分後。私は豪奢(ごうしゃ)な部屋の中で普段着のまま、ぽつんとつっ立っていた。

外観同様、白を基調としたこの部屋は部分的に藍(あい)色で上品に装飾されている。貴族の令嬢達は普段、こんな部屋を使っているのだろう。

私の家もかつては貴族の末席を汚していた。だけど一代限りのことだしすぐに没落したので、自分が貴族だとは考えたこともない。

物心ついた時にはすでに貧しく、父が死んでからの稼ぎ手はほぼ私一人。市民階級の人達に依頼された調査や探索で生計を立てている。これが諜報活動の修業に役立つのだ。

剣術は大して得手ではないが、民間の仕事で培った気配の消去と変装、演技には自信がある。また、祖母から貴族の知識と教養、作法を叩き込まれているので、上流階級の中でもそれなりに立ち回れるはずだ。

――それにしても、ディッキンソン家などという、大貴族の婚約者だなんて。

ディッキンソン伯爵は、自分の婚約が貴族社会で大きな話題となると言い切った。諜報活動はその働きを公にはできないのに、彼はあえて目立つことで、用心深いデ・シャロンジュ公爵の警戒心を解こうとしているのだ。

それは悪い策ではない。ないけれど――

「私に務まるのかなぁ」

壁に貼られた大きな鏡には、伯爵が言った通りの地味な女が映っていた。

足もとには仕事道具一式が入った箱が一つ。家から持ち出せたのはこれだけだ。少々心もとない。

「さぁ、リースル様。お風呂の支度ができましたよ。どうぞお使いくださいませ」

ジゼルさんが部屋に入ってきて、朗らかに告げた。

「お風呂、ですか？」

こんな昼間から湯を使うのは初めてだ。けれど、四の五の言う気力はなく、私は素直に従う。ジゼルさんが手伝うというのをなんとか断って、隣の小部屋の扉を開けた。

　ここが浴室らしい。白と藍の綺麗なタイルが敷き詰められた明るい部屋だ。風呂場だけで我が家の居間くらいの広さがある。浴槽は白い陶器製で、たっぷりと張られた湯には何やら芳しい香りがつけられていた。

「ふわぁあ」

　私は大きな浴槽に浸り、思い切り手足を伸ばした。なんて贅沢なんだろう。

　家では洗濯用の洗い桶に沸かした湯を張って、それを家族で順番に使っていた。だから、最後に私が使う頃には、湯がすっかり冷めている。比べてここでは、蛇口を捻ればたっぷり湯が供給されて、石鹸も香油も使い放題のようだ。

「……この仕事がうまくいけば、これからも使ってもらえるかもしれないな」

　私は、エスピオンは自分で終わらせようと考えていた。妹達にはもっとまともな暮らしをしてほしい。だが、そのためにはお金が必要だ。つまりこの仕事を失敗するわけにはいかない。

　——絶対にあの伯爵閣下のお役に立ってみせよう！

　そう意気込んだところで扉が開いた。ジゼルさんが顔を出す。

「お済みになられましたか？」

「あっ！　はい！　今終わったところです」

　私は急いで浴槽から出た。衝立の後ろに用意されていたふわふわの布を手にし、体を拭こうとする。

「まぁ、お嬢様。そんなこと私がいたしますのに」

「えっ⁉　い、いえっ！　自分でできますから！」

「まぁ……残念ですわ。では布を体にお巻きになって、こちらにお掛けに」

いくら女の人にでも、家族以外に裸を見られたことのない私は、とても困った。けれど、ジゼルさんは私のためらいなど頓着せずに、慣れた手つきで肌に化粧水をつけてくれる。

ひんやりと気持ちがいいが、やっぱり恥ずかしい。貴族女性はこんなことも人にしてもらうのだろうか？

それに気になることがある。私はなるべく香りを身に纏わないようにしていた。化粧品に香りがついているのは普通だが、エスピオンとしては自分の痕跡を残すようなものは使えない。

もし潜入や変装の必要があるのなら、香水の類は数日前からつけないようにしておきたかった。

ディッキンソン伯爵様に言っておかなければ、と頭の中に刻む。

「まぁ、リースル様は、とっても素晴らしいお肌と姿勢をお持ちなんですのね」

髪を拭いながらジゼルさんが感心したように褒めてくれる。こんなふうに褒められたことがないので照れてしまった。

確かに、私の肌は滑らかなほうだが、日に焼けている。おまけに痩せていて、女らしいところがあまりない。変装するにはちょうどいいのだが、上流社会では貧相に見えるだけだろう。おまけに髪は短く艶がない。

「ありがとうございます。けれど、一つお願いがあるのです」

「まぁ、なんでしょうか？」

「閣下の婚約者として、少しでも綺麗にならねばならないことはわかりますが、髪油や化粧水は香りのついていないものをお願いできますか。香水も不要です」

「まぁ……承知いたしました。何やら大切なお役目なんですのね」

ジゼルさんはすぐに納得してくれた。ブリュノーさんと同じく余計なことは聞かない。

「せっかくのご厚意を、すみません」

「とんでもないことでございます。……では、こちらの下着をおつけくださいませ」

差し出された下着は真新しく素敵で、私がつけていいのかと迷ってしまうくらいのものだ。裾には可愛らしい飾（かざ）りが施（ほどこ）されている。衝立（ついたて）の後ろで私はそれを身につけた。

さらに肌ざわりのいい木綿（もめん）の肌着をつけると、ジゼルさんが髪油をすり込んでくれる。お風呂や化粧品と同じ花の香りがする。

「次から香りのないものをご用意いたしますので、今日だけお許しくださいね。それからお召し物はこちらを」

ジゼルさんがすまなそうに言ったが、私は初めて身に纏（まと）う花の香りにうっとりとなっていた。今までほとんど手入れをして来なかった髪と肌に、潤（うるお）いが染み込んでいくようだ。

初の大仕事と難しそうな依頼主に穏やかでなかった心が、ほんの少し慰（なぐさ）められた。

そんなふうに私は身支度を終えた——いや、してもらった。

「……誰これ？」

部屋の大鏡に映っている自分は、さっきとは別の娘だ。

小花の刺繍がされた裾の長い肌着、その上から高い位置で切り替えがあるドレスを着ている。深い青のそれは私の体を優しく包んでいた。

短い髪は側面で結い、小花の髪飾りを挿してもらった。上質の乳液とほんのりさした紅が私の肌を艶めかせている。

——自分で化粧したことはあるけど、ここまで変わるものなんだ。

「今はこんな程度で申し訳ございません、舞踏会に行かれる際には、もっと素敵にいたしますわね。リースル様はお肌が綺麗ですし手足が長いので、なんでもお似合いになりますよ」

「舞踏会……やっぱり行くのでしょうか？」

「もちろんです。きっと注目されますよ、リースル様は子鹿のように機敏で、とても可愛らしいんですもの。それに姿勢がいいですし！　これは重要なことなんですのよ。どんな豪華なドレスを着ても姿勢が美しくなくては見栄えがいたしません。難を言えば、少し痩せ気味なことでしょうか？今美味しいお食事を用意いたしますので、たくさん召し上がってくださいましね」

「はぁ」

私はジゼルさんに案内されて昼食用の部屋に入った。

「ほう、少しは見られるようになったではないか」

昼食の席に着いた私に失礼な言葉を放ったのは、私同様部屋着に着替えた伯爵だ。彼はゆったりした肌着に臙脂色の胴衣を身につけ、胴衣と同じ色のトラウザーズを穿いていた。

——まったく何を着てもよくお似合いだ。

むっつりと黙り込む私の前に様々な料理が給仕される。とってもいい香り。

そのうちの汁物を一匙口に入れると、濃厚な味が広がった。透き通ったスープにしっかり味がついている。

続いて小さな白身魚の包み焼きに温野菜を添えたもの、そして程よく焼いた子羊の肉が出された。

初めて食べる料理はどれも美味で、私はすぐに目の前のディッキンソン伯爵のことを忘れて食事を堪能していた。

「おい」

「はい！　なんでしょうか？」

尊大な声に、思わず銀食器を置いて顔を上げる。

「食事の作法は大丈夫のようだな。そこから躾けることがなくて何より」

——やっぱり失礼な人だ。

「言い忘れていたが、婚約者といっても、あくまで便宜上のものである。私に甘い期待は一切しないように」

伯爵は意地の悪い笑みを浮かべて私を見た。

「いたしません」

「よろしい」

「一つお尋ねしたいことがございます。契約のことで」

「なんだ」

「任務は謹(つつし)んでお受けいたします。ですが、この仕事には少々危険が伴います。相手だって警戒して護衛を雇っているかもしれません。私に万一のことがあったら、どうなるのでしょうか？　私の家族の生活は保障していただけるのですか？」

「それについては心配いらない。たとえお前が殺されても、家族への補償はきちんと行う」

少し安心したが、よく考えると私自身は使い捨てということだ。

「それともう一つ、なぜ報酬が後渡しなんですか？　ディッキンソン伯爵閣下ともあろうお方が」

「まだお前の能力を確認していないからな。報酬が欲しければ成果を挙げることだ」

本当に無礼な人だ。見かけは素晴らしいのに、大変残念だと思う。

「……存外けちなんですね」

ぼそっと言ってみても相手は涼しい顔である。

「何か文句が？」

「いえ何も」

ディッキンソン伯爵は長い指で骨つき肉を摘(つま)んだ。

骨に銀紙が巻かれているものの、紳士淑女なら手づかみなんかしない。ところが、そんな大胆な仕草が彼の場合、様(さま)になっていた。

彼は案外大食漢のようで、白い歯を見せながら次々と皿に手を伸ばす。一方私はもうお腹いっぱいで、これ以上食べられそうにない。

「ところで今後の予定なのだが」

不意にディッキンソン伯爵が私に視線を戻した。

「はい閣下」

「夜会で踊る類の舞踏はできるか？」

「そうですね、基本的なものなら大丈夫です。他にも以前、商家の催しで踊った経験が」

「ふん。それなら覚えは早いな。職業柄、運動はできるのだろうから」

「ええ、そうですね」

「それと、主だった社交界の面々の顔と名前、家柄や繋がりも覚えてくれ。貴族年鑑があるのでそれを見るとよい」

「承知しました。暗記は得意です」

「後は必要最低限の教養が必要だな。歴史はどうだ？」

「歴史は好きです」

「楽器は弾けるか？」

「鍵盤楽器と笛を少し。弦楽器も簡単な曲くらいは」

「外国語は？」

「国境を接する国々の言葉は会話程度できます」

いつの間にか、ディッキンソン伯爵は不機嫌そうに黙り込んでいる。肉を食べる手も止まっていた。

「閣下？　あの……どうされましたか？」

「お前は食べないのか？」

「は？」

「肉をだ」

「あ、ああ……美味しいのですが、もうお腹がいっぱいで、これ以上はいただけません……もったいないですね。申し訳ございません」

「お前の体は肉が少なくてつまらん。仮にも私の婚約者となるのだから、もっと魅力的な体つきになることだ」

彼は口角を意地悪く上げる。案外、表情の豊かな人だ。

「はぁ、ジゼルさんにも言われました。でも、身が軽いのはエスピオンにとって重要なことです。あまり太るのは……」

「ぶくぶく太れとは言っておらん。もう少し丸みのある滑らかな体つきになれと言っているのだ。それに髪！　自分で切っているのか？　短すぎてみっともないではないか」

「すみません。男装することもあるので……これから伸ばします」

ここぞとばかりに欠点を指摘する彼に、私は素直に頷いた。確かに今の長さでは髪を結い上げることができない。しばらくは鬘のお世話になりそうだ。

「そうしろ。鬘師を呼んでおく。それから、なんというか……気の利いた会話の一つもできるようになっておくように」

「気の利いた会話ですか。それは難しそうですね……返答に困ったら、黙って微笑んでおこうと思っていたのですが」

「それで済ませられるならそれでもいい。お前は私の母方の遠縁、郷紳（ジェントリ）——つまり貴族ではないものの領主であるアシュレイ家の出身で、病弱のため田舎（いなか）で静養していたということにしてある。最近は貴族と郷紳の婚姻も増えてきているから、それほど奇異には思われないだろう。私が適当に根回しをしておくので、お前もそのつもりでいるように。いいな？」

「承知いたしました。ディッキンソン伯爵閣下」

最後の「閣下」は嫌味だ。

しかし、このやり取りで気がついたことがあった。伯爵は口調こそ傲慢だが、性格は意外にもさばさばしている。私の態度が悪くても、腹を立てたりしなかった。

なんとも不思議な人物に私は興味が湧いてきた。

私は伯爵を正面から見つめる。それを受けて彼は満足げに頷いた。

「よろしい。それから私はあまり家にいない」

「そうですか」

「……そうだとも」

伯爵は意味深な流し目をくれた。そのまなざしが意味するところは、色事に違いない。

この分では相当な浮き名を流しているはずだ。それはいいけれど、仮にも婚約者がいる男が大手を振って遊び歩けるほど、この国の風紀は乱れているのだろうか？

「夜間に外出することもあるが、余計な詮索は無用だ」

「ですからいたしませんと、さっきから申し上げています」

せっかく興味を持ったのに、なんだか面倒になる。私はふと外の景色に目をやった。

庭は広くて、大変に美しい。自然そのままの造形を取り入れたそこを、私はこの屋敷中で一番気に入った。

「……随分あっさりしてるんだな。さすがはエスピオンと言うべきか……」

婚約者となるはずの男の呆れたようなつぶやきを、私は聞こえない振りをした。


次の日から、ディッキンソン伯爵の婚約者にふさわしい令嬢になりすますための練習が始まった。

ある程度の知識はあるとはいえ、生まれついての貴族令嬢が身につけていることは多い。何気ない仕草やお茶の作法、会話、学ぶことはいっぱいあった。

日中教えてくれるのは、執事のブリュノーさんと侍女頭のジゼルさんで、自分の仕事もあるのに、根気強く私に付き合ってくれる。彼らは主に頼まれたために一生懸命なのだろう。私には嫌味な態度のディッキンソン伯爵も、使用人達には尊敬されているようだ。

そういえば私は、伯爵のことを何も知らない。

仮にも婚約者なのだから、まずいのではないか？

そう思った私は、ブリュノーさんにディッキンソン伯爵について教えてほしいと頼んだ。

「オルフェーゼ様のことですか？」

「はい。もちろん差し障りのないことだけで結構です。もし、それも駄目なら断っていただいても……」

「とんでもないことです！　リースル様にはぜひ知っていてもらいたいと思います。何からお聞きになりたいですか？」

細かい食事の作法を教えてくれていたブリュノーさんは、急に身を乗り出してきた。やる気満々だ。

「……そうですね。生い立ちやご家族についてお伺いできますか？」

「はい。オルフェーゼ様は、先代ディッキンソン伯爵の二番目の奥方様のお子で、ご次男です。先代と、早くに亡くなられた先の奥様との間には嫡男のコルネイユ様がおられましたが、この方は二十二歳という若さで亡くなられてしまったのです」

「……それはお気の毒に」

「その頃オルフェーゼ様はまだ学生で、先代伯爵はお一人でこの家を守っておられました。先代が隠居をご決意された時には、オルフェーゼ様は軍に属しておられたのですが、呼び戻されて伯爵家をお継ぎになったのです」

「……そうだったのですか」

てっきり伯爵は生まれた時から後継者として育った人だと思っていたので、今の話は意外だった。母親違いの兄が亡くなっていなければ、今頃彼はどこかの家の入り婿になっていたかもしれない、ということだ。

「はい。先の奥方様はオルフェーゼ様が生まれてすぐご病気でお亡くなりに。元々虚弱なお方だったのです。その遺伝か、嫡男のコルネイユ様もあまりご丈夫ではありませんでした」

「え？　でも今のお話からすると、オルフェーゼ様の実のお母上は、先の奥様がお亡くなりになる前に、オルフェーゼ様をお産みになられたということですか？」

これは驚きだ。

そうすると、先代の伯爵は、妻が病に苦しんでいる間に別の女に手をつけたということになるのか？　事情はよくわからないけれど、これはちょっとあんまりな話ではないか。なんだか複雑な事情がありそうだ。

「あ、立ち入ったことを尋ねてすみません」

「いいえ……古くからこちらに仕えている者なら知っていることですので……」

「先代の伯爵様は王都におられないのですか？」

「はい、ご領地にお籠りでいらっしゃいます」

「オルフェーゼ様のお母様は？」

「それが……その……なんと言いますか……行方がわからなくて……」

「言いにくいことを、ごめんなさい。もう十分です」

突然視線を泳がせたブリュノーさんの言葉を、私は遮った。申し訳ないので、これ以上は聞かないほうがいい。私は話題を変えることにした。

「それにしてもオルフェーゼ様は軍隊におられたのですね。なんだか不思議な感じです。あの方のご様子が軍隊とあまりに結びつかないので」

「北の国境の守備隊に入っておられたのですよ」

「そうなのですか？　それは厳しそうですねぇ」

平和なアルディアン王国といえど、北の守りの任務は厳しいと聞いていた。ディッキンソン伯爵の持つ華やかな雰囲気にはそぐわない。

とはいえ、洗練された所作や美麗な外見のせいで見落とされがちだが、彼の持つ長剣は使い込まれたものだった。かなりの腕前に違いない。初めて会った時も、目くらましに撒（ま）いた木の葉に惑わされず、素早く迎撃姿勢を取っていた。あれは軍隊で培（つちか）われたものだったのか。

――一体どういう方なのだ？

私はもう少し彼のことを知りたくなった。

「閣下のご趣味やお仕事は？」

「趣味はたくさんお持ちですよ。軍におられただけあって、剣術や体術がお達者ですし、乗馬もお好きです。手先も器用でいらっしゃいます。達筆でお手紙をまめに書かれますね。特にご婦人を喜ばせるのがお上手です」

「へぇー。さぞやいろんなご婦人とお付き合いがあるのでしょうねぇ？」

私の醸（かも）し出す微妙な空気を感じ取ったのか、ブリュノーさんは小さな咳払いをした。

別に彼が気を遣うことはない。私達の婚約は仮りそめのものだ。

「た、確かに旦那様はご婦人方に大変な人気がございます。しかし、紳士であられるので、決して今まで修羅――いえ、揉め事になったことは、ございません」

「そうですかー」

けれど、ブリュノーさんの知らないところでは修羅場があったかもしれないのだ。もっともその部分は知らなくてもいいことなので、私は平坦な声で相槌を打った。

「お仕事は先代の後をお継ぎになって枢密院にお勤めですが、お屋敷ではあまり仕事の話をなさいません。枢密院は王室の諮問機関ですから、内密のことが多いのでしょう。そのせいか数日おきに王宮にお泊まりになられます。今夜も戻られないとか」

「そう……なのですか」

そのお泊まりには、絶対仕事以外のものも交ざっているに違いない。エスピオンの勘だ。

そしてその勘が当たっていたことは早々に証明された。


ブリュノーさんに伯爵のことを聞いた翌日の深夜。私はどうも眠れなくて寝台を抜け出した。

家では陽が昇る前に起き出し森の中で鍛錬を兼ねた狩りをするのが習慣だったし、夜は油の節約のため早めに休んでいた。それがこの屋敷に来てから、朝はゆっくりでほとんど屋敷から出ることもないので、全く疲れないのだ。

このままでは、体が鈍ってしまう。いずれ悪徳公爵の屋敷に忍び込む機会があるかもしれないし、これ以上衰えるのはまずい。

私は寝間着を脱ぐと、家から持って来た偵察用の黒い服に着替えた。

露台からそっと外に出る。空気はすっかり冷え込んでいて、温かい寝床から出た身に染みる。

「やっ！」

私は近くの枝に跳び移った。今夜は半月が出ていて、足場がなんとかわかる。

そのまま、とんとんと枝を移って、三階の張り出しから大屋根に上がった。この屋敷の全貌を見ておきたいと思ったのだ。

「やっぱり大きいなぁ……」

敷地内の主な建物は三つ。私が今いる三階建ての母屋と、馬車庫を兼ねた厩舎、奥に使用人の住居棟という構造だ。

前庭と中庭、それらが月明かりに照らされている。夜の庭も美しい。やはりディッキンソン伯爵家は裕福なのだろう。

視線を遠くに向けると、月光の下、王都全体が静まり返っているのが見えた。都の中央にある尖塔が浮かび上がり、優美だ。

「ん？」

私が風景に見蕩れていると、向こうから黒い馬車がやって来た。一頭立ての小さな馬車だ。屋敷の門の外で停まったそれから、一人の男が降り立った。馬車は男を置いて去る。

——誰だろう？　もしかして賊？

私は屋根から跳び下りて正面玄関の庇の上に身を潜めた。月が雲に入ってしまい、相手の様子がよく見えない。

男は合鍵でも持っていたのか、難なく大門の脇にある扉をくぐると、前庭を堂々と横切った。その悠々とした態度は深夜の訪問者らしくない。どうやら賊ではないようだ。

そう思っていた時、月が顔を出し、噴水を背に歩く男を照らした。月明かりに男が顔を上げる。

男はこの屋敷の主だった。

「へっ⁉」

月光を受けて佇む彼は幽幻な美を宿している。眼福だけれど、道徳的にはよろしくない。

雰囲気からして、おそらくどこぞの美女の屋敷からの帰りなのだろう。彼は乱れた金髪を倦んだような仕草でかき上げる。これが昨日言っていた「夜間の外出」に違いない。それにしても、これから婚約しようという彼が別の人間と逢瀬とは。

「うわぁ……」

その声が聞こえたのか、ディッキンソン伯爵がこちらを向いた。はっと私は体を固める。

ふっと彼の口角が上がった。笑っているのだ。綺麗で物憂いその笑みは、なんて魅力的なのだろう。彼はそのまま庇の下に消えた。

「さいってい……」

思わず私の口からは言葉が漏れていた。そんなことを思う筋合いではないと知りながら。

そのまま夜の散歩を続ける気にはなれず、私はさっさと自室に戻る。けれど眠りはなかなか訪れてはくれなかった。

「え？　ご友人のお屋敷を訪問ですか？」

私が屋敷に来て半月ほど経ったある日のこと。伯爵が友人宅を訪問すると言い出した。

「ああ。私の婚約者をそろそろ皆に知らせていかないとな」

あの夜から、私はまともに伯爵と話をしていなかったが、今日は久々に夕食を共にしている。

夜の鍛錬はなんだかけちがついた気がして、あれ以来していない。その代わり昼間に庭に出て走っている。

「どんな方なのでしょうか？」

「アンドレ・パッソンピエールといって、学生時代からの友人だ。以前説明した通り、お前のことは母方の遠縁、アシュレイ家の出だと伝えてある」

「はい」

私は次の言葉を待った。

「お前の半月間の様子はブリュノーとジゼルから聞いている。そろそろその成果を試してみようと思ってな」

「試す？　何をですか？」

「お前の能力に決まっているだろうが」

ディッキンソン伯爵はじろりと私を見据えた。顔の造作が整っているだけに結構な迫力だ。

「え!?　は、はい。承知いたしました！　伯爵閣下」

「そのことだがな」

「なんでしょう？　閣下」

「……閣下はよせ」

「あ、呼び方のことですか」

「そうだ。仮にも結婚する相手のことを閣下と呼んではまずいだろう」

「では伯爵様と？」

私は親しい関係の貴族の男女が、どう呼び合うかを知らない。

「それもないいな」

「ない。では、なんとお呼びすれば？」

「名で」

「名？」

「いちいち復唱するな！　私のことはオルフェーゼと呼ぶがいい」

「む、無理です！　畏れ多い！」

思わず言い返してしまった。

「いいから呼べ！」

「で、では様をつけさせていただきます」

「……譲歩する」

ディッキンソン伯爵はすっかり気を悪くしたようだ。けれどできないものはできない。様つきだってさらりと呼べるか不安だ。

「それで、ご友人宅を訪問されるのはいつでしょうか？」

「明後日(あさって)だ。それまで毎日私を名前で呼ぶ練習をするように。私も付き合ってやる」

「え～」

毎日こってり絞られるかと思うと、げっそりする。

「なんだ？　不服か？」

「いいえ、わかりました。でしたら、閣下……いえ、オ、オルフェーゼ様は私をなんとお呼びになるのですか？」

「ああ、そうだな。私はリースルと呼ぼう」

「……ですよね」

私はこの貴公子——オルフェーゼ様の口から、自分の名が発せられたことにちょっと感動した。


二日後、私達はオルフェーゼ様のご友人宅を訪問した。

ご友人のパッソンピエール伯爵と奥様が、温かく私達を出迎えてくれる。

「久しぶりだな、オルフェーゼ。この度は婚約おめでとう。ちっとも知らなかったよ」

「ありがとうアンドレ、このところすっかり忙しくしていてな。報告が遅くなってすまない」

「本当だよ。君が婚約したと知らされてびっくりしていた。社交界きっての伊達男(だておとこ)もいよいよ年貢の納め時か。さぁ紹介してくれ、花嫁となるご婦人を」

私は恥ずかしそうな笑顔を作ってパッソンピエール夫妻に会釈をした。そんな私の背中を、誠実な婚約者の振りをしたオルフェーゼ様が優しく支えてくれている。

「こちらは私の婚約者。リースル・アシュレイ嬢だ」

「こんな素敵なお嬢さんと親しいなんて、どうして教えてくれなかったんだ!?」

——素敵なお嬢さん？　私のことだろうか？

褒められて、素直に嬉しい。今日の私の衣装は、ジゼルさんが張り切って着せてくれた秋らしい葡萄酒色の服だ。あまり赤い色の服を身につけたことはなかったが、この色合いは上品ですっかり気に入ってしまった。胸のすぐ下で結ばれた帯がたくさんの襞を作りながら足もとに流れ、とても美しい。同じ布で作られた小さな上着も可愛らしいものだ。

髪は毛を足して結い上げ、お化粧もしてもらったので、確かに普段よりは素敵になっている。

パッソンピエール様にも褒められた。

「お召し物もとても似合っておいでですよ」

「ありがとうございます。嬉しいですわ」

まんざら演技でもなく私は頬を染めた。パッソンピエール様の奥様も優しそうな人で、オルフェーゼ様と親しげに挨拶を交わされている。どうやらご夫婦揃って古い付き合いのようだ。

パッソンピエール様はなおも私の顔をじっと見つめた。

「本当に素敵な方だ。他の令嬢達とはなんだか雰囲気が違うというか……」

——まずい、何か感づかれた？　庶民臭さが滲み出てしまったのだろうか？

私は身を縮こまらせた。とても顔を上げていられない。

「神秘的……うん、この言葉がしっくりくる……どこか謎めいて秘密めいている……」

どうやら、貴族でないと見破られたわけではなさそうだ。

「うん。でも、オルフェーゼにはこんなお嬢さんがいいのかもしれないな。俺はお前がいつもなんで――いや、失礼」

わざとらしい咳払いで、パッソンピエール様は語尾を濁した。

多分彼は、オルフェーゼ様の女性遍歴を知っているのだ。その方々とは全く違う地味な私に驚いているに違いない。

「いや、その……すまない」

「うるさいよ、アンドレ。リースルは今まで病気がちで田舎で静養していたから、王都のことはほとんど知らんのだ。社交界にも免疫がない。あまり困らせるようなことは言わないでやってくれ」

――おお！　オルフェーゼ様が私を助けてくださっている！

私は慎ましげに頭を下げた。

「リースル嬢、どうぞお許しください。親友の婚約があまりに嬉しくて、ついはしゃいでしまいました」

「リースル、すまないな。こういう奴なんだ」

「いえ、私、気にしておりません」

正直に応えた。実際、オルフェーゼ様の好みより自分が地味なことは、わかりきっていることだ。

特に気にはならない。

「さぁ皆様こちらへ。我が家自慢の秋の庭を見ていただきたいですわ。それから温かいお茶を召し上がってくださいな」

頃合いを見て声をかけてくださった奥様の誘導により、私達は屋敷の中に迎え入れられた。

それにしても、オルフェーゼ様の雰囲気の変わりように驚く。私の前ではいつも尊大な態度で自分のことを「私」と言っているのに、ここでは打ち解けた様子で、一人称も「俺」となっている。

——この人は家でも自分を作っているのだろうか？

オルフェーゼ様の顔をうかがうように見上げるけれど、特に何も読み取ることができない。やがて私達は庭に案内された。

奥様が丹精をこらしたという庭は、晩秋の風情でとても綺麗だ。私達は他愛のない会話をしながら、秋の花や紅葉した樹木を眺める。奥様はおっとりと園芸のことなどを教えてくれた。私も知っている花のことを話す。その内に緊張がほぐれ、楽しくなってきた。

オルフェーゼ様とパッソンピエール様は私達の少し前を歩いている。話が弾んでいるようだ。そんなふうに庭をゆっくり一回りした後、客間で内輪の茶会となる。

そこで小さな事件が起きた。——いや、正確には私が起こした。

「あっ！　申し訳ございません」

お茶のおかわりを注いでいた使用人が体勢を崩し、茶の滴を私の上着にかけたのだ。彼女には気の毒だが、実はつまずきやすいようにこっそり敷物に私が皺を寄せておいた。

「なんとお詫びしてよいか……」

「構いません。屋敷に帰って染み抜きをいたしますから。でも、染みを落としやすいように、お部屋をお借りして少し布で叩いてもらってもいいでしょうか？」

私は謝る使用人に微笑を向け、しばらく客間を失礼する許しを奥様に得た。

使用人に案内された小部屋で、上着を脱いで預ける。このために上着のある服にした。きっと染みを薄めるのに十分くらいかかるはずだ。

使用人は上着を抱えて仕事部屋に走っていった。さぁ、これでしばらくは一人になれる。

私はするりと小部屋を抜け出し、廊下に出た。エスピオンの腕の見せどころだ。


「で、どうだった？」

パッソンピエール様の屋敷を辞して家に戻ってすぐに、オルフェーゼ様は私に尋ねた。

「はい、ざっとこんなもんかと」

私は用意していた大きな紙に、パッソンピエール様の屋敷の見取り図を描いてみせる。この訪問は、私の能力を証明するために計画されていたのだ。

庭から見た屋敷の外観をもとに一人でこっそり内部を探索し、構造を探った。もちろん一階部分だけだが。

「おお、ほぼ合ってるな！　厨房や洗濯室まで！」

「はい。ですが、閣下のご友人のお宅を探るなんて、あまりよろしくないのでは？」

下手をすれば友人関係が壊れてしまう。

「それはまぁそうだが、学生時代から行き来していて、あの家の間取りはほぼ知っている。何よりお前の能力を試すのに手ごろだったからな。奴には悪いが使わせてもらった」

「閣下は私を信用されてなかったということですか？」

「俺は自分で確かめたものしか信用せん」

「……そうですか」

私は図面を細かく破りながら答えた。まあ、重要な任務を与える部下の能力を試すのは、主（あるじ）としては当然だ。彼は合理主義者らしいので、なおさら。

「よし合格だ。お前の記憶力と探査能力は確かめられた。これなら使える。役に立ってもらうぞ」

「承知いたしました」

ちぎった紙切れを暖炉に投げ捨てながら気がついた。

先ほど、オルフェーゼ様は私の前で「俺」と言った。今まで「私」だったのに。これはどういうことなんだろうか？

「――で、だな。お前の初仕事だが」

「はい」

「毎年恒例の王宮行事の一つに、年越しの宴（うたげ）がある」

「年越しの宴（うたげ）、ですか？」

「そう、王宮の三大夜会の一つだ。特別に招かれた者しか入れない。招待されるのは上級貴族と王室や政府に関わりの深い御用商人、役人だ。そこで我々の婚約発表をする」

「ええっ！　そんな大層な場所でですか？　後からいろいろまずくならないですか？」

「我が家の地位を考えたら、このくらいで丁度いい。なに、ことが成就すれば、お前を再び重篤な病気にでもして婚約を解消すればいいことだ」

「わかりました」

「……わかったのか？」

オルフェーゼ様が、なんだか拍子抜けしたように答える。

「え？　はい、わかりましたよ」

大々的に発表しておいて破棄だなんてひどい扱いだけど、私は貴族社会で生きているわけではないので問題ない。

「ふぅん……まぁいい。それで、この夜会にはもちろんデ・シャロンジュも招かれる。彼に取り入ろうとする輩もやって来る。黒い噂の確信が欲しい」

「そこで、公爵を間近で探れと」

「察しがいいじゃないか。その通りだ」

「わかりますよ、普通」

私は憎まれ口を叩く。オルフェーゼ様はこの程度のことで文句を言わない。

「奴は腹心の従者と行動することが多い。公爵とよく似た背格好の男だ。重要な書類はこの従者が持っていると思われる」

「なるほど、彼のほうにも探りを入れたほうがいいですね」

「――これは俺が用意した招待客名簿の写しだ。全部は覚えきれないだろうから、重要度で仕分けしてある。赤線を引いてあるのが公爵と親しい貴族、青線が商人、黒線が役人だ」

私は流麗な筆跡で記されたその紙を手に取った。

そこにはたくさんの氏名が書かれ、貴族は身分別、商人は組合別、外国人は国別にきっちり分類されている。また、晩餐会の席順や大広間の間取り、周辺の見取り図なども描かれていた。これを見ると、オルフェーゼ様にかなりの処理能力があることがわかる。

「意外です」

「何がだ？」

「あ、いえ。すごくわかりやすく整理されているなぁと思って……」

「わかりやすくしなければ、使えないだろう？　お前には初めての場所だし」

「そうですね。ご配慮ありがとうございます」

私は心から感心した。

私も几帳面で報告書などはきちんと書かないと気がすまない性だ。上司であるオルフェーゼ様と自分に共通点が見つかって、なぜか嬉しくなる。

「お前がきちんと仕事をしてくれなければ、俺が困るのだから当然のことだ」

オルフェーゼ様は平然と言い放つ。それでもなんだか、私の心は少し解れた気がしていた。

「お前もこれから、俺の婚約者らしくもっと堂々と振る舞えるよう努力しなさい。今日は控えめすぎだったぞ」

「私は、田舎育ち(いなかそだ)で体の弱い設定ですので、堂々としてはよくないのでは？」

「それはそれ、折り合いをうまくつけるのだ。あんまりおどおどしていると、宮廷雀(きゅうていすずめ)達の格好の餌(え)になるぞ」

「それは避けたい事態ですね」

「ならば、夜会までに貴族らしい挨拶の一つもできるようになっておくんだな。俺はその間、情報収集をしておく」

「情報？　それはご婦人から集めるのですか？」

つい、ちょっとした嫌味を言ってしまった。

「ご婦人？　まぁそれもあるが、なぜそんなことを聞く？」

「……いえ、別に」

「おや、我が婚約者殿はご不満かね？」

オルフェーゼ様はなぜか楽しげになり、片方の眉を上げておどけた。

「いえ、どうでもいいことでした。……では、閣下の婚約者として恥ずかしくないよう、どんな衣装でも着こなし、難しい舞踏も踊れるようになっておきます」

私は急に悔しくなり、むきになって宣言する。

「つくづく変な女だな、お前は」

「褒め言葉と受けとっておきますね」

急に胡乱げに目を細めたオルフェーゼ様を私はまっすぐ見返した。

彼の瞳は本当に綺麗だ。澄んだ翠色の虹彩の中に金色の粒が浮かび、宝石のよう。そして、意地悪で冷たい光を放つ。

婚約者同士の見つめ合いには程遠い、ほとんどにらめっこだ。先に目を逸らしたのはオルフェーゼ様だった。

「では、お手並拝見としよう。晩餐までまだ時間があるからな。お前の舞踏の腕前がどれほどのものか俺が相手をしてやる」

「え!?」

私は、墓穴を掘ってしまったかもしれない。


すぐにつれていかれたのは明るく火が灯された伯爵家の広い舞踏室だ。私はそこで優雅に貴婦人の礼をしてみせた。

「様になっているではないか」

今の衣装は青い簡素な舞踏用の服。なんの飾りもなく、上半身はぴったりしているのに裾がふわりと広がっていて、練習にはちょうどいい。華美なものが苦手な私の趣味にも合う。舞踏会でもこんなあっさりした服で臨めたら、少しは楽だろう。

「お前には青がよく映えるな」

「ありがとうございます」

オルフェーゼ様の意外な褒め言葉に、私は素直に頭を下げた。

機嫌のいい時の彼は素晴らしい貴公子だ。声も深みがあって聞き惚れる。いつもこうだったらいいのに。

「流行の足取りは覚えたか？」

「なんとか」

「では、見せてみろ。ブリュノー」

「かしこまりました」

背後からブリュノーさんの声がする。私は何気なく後ろを振り返ろうとし、オルフェーゼ様に止められた。

肩を掴まれ向きを調整されると、彼と正面から目が合った。真剣なまなざしに、心臓が大きく跳ねる。

——どうしちゃったんだろう？　胸が変だ。

「他の男を見るんじゃない。お前が今から踊る相手はこの俺だ」

蓄音機に円盤が置かれ、美しい旋律が舞踏室に流れ出した。

「盛装ではないが、まぁいいだろう——では婚約者殿、お手を」

オルフェーゼ様は、私に向かって優雅に腰を折った。左手は軽く握って後ろに、そして右手は私に差し出す。紳士が淑女にする正式な礼だ。

「……で、では」

私はその手をおずおず取り、淑女の礼を返した。すぐさま彼のもう一方の手が私の腰に回り、舞踏が始まった。

エスピオンは身体能力を常日頃から磨いている。早朝の霞の中で木から木へ跳び移ることとは少々勝手が違うものの、硬い床の上で行われる舞踏など大して難儀ではない。私は教えられた通りの足取りを丁寧に踏んだ。

「ほぅ……なかなか巧いではないか」

「恐れ入ります」

「姿勢もいい。体がふにゃふにゃしていなくて、筋肉に張りがある。だが、もう少し色っぽさが必要だな。こう……上目遣いに見つめるとか」

「なるほど……こうですか」

私が媚を含んで目を上げると、オルフェーゼ様は顎をちょっと引いた。

──あれ？　まだ色気が足りなかったのかな？

「……ま、まぁ今はそれでよい。そら回れ！」

力強い手に支えられ、くるりと回転する。支えてくれる掌が大きいので頼もしい。たっぷりした服の裾が菖蒲の花のように広がり、楽しくなってくる。

「なかなかいいぞ。それに軽いな。さすがエスピオンだ」

「閣下が慣れていらっしゃるおかげです」

「閣下じゃない。言ったろう。これからはずっと名で呼べ。慣れておかないとボロが出るぞ」

先ほどのにらめっこの仕返しとばかりに、オルフェーゼ様は私を見下ろした。

軽く胸が触れ合う。こんな至近距離で誰かと見つめ合うのは初めてだ。気恥ずかしくなって今度は私が目を逸らした。

「踊る相手から目を逸らすな。ちゃんと俺を見ていろ」

「すみません」

足取りは前後の動きにさしかかる。前に踏み出す時は大きく、下がる時は控えめにするのがコツだ。

「本番ではちゃんといたします。でも……まだ慣れなくて疲れますので」

本当に疲れる。こんなに近くに人がいるなんて落ち着かない。

「――ここでの暮らしはどうだ？」

オルフェーゼ様は私の言葉に構わず、ぐいぐいこちらに踏み込んでくる。

――というか、その美声で囁かないで。首筋がぞわぞわする！

私はどうにか胸の動悸を抑えて答えた。

「か、快適です。皆さん……とても優しくしてくださるし」

実際、執事のブリュノーさんや侍女頭のジゼルさんは、突如主人の婚約者となった私に、親身になってくれている。

「皆褒めていたぞ。物覚えはいいようだな」

「それが仕事ですので」

「いいことだが、踊っているのに顔が真面目すぎる。少しは笑え、俺は案外楽しいぞ」

そう言ってオルフェーゼ様は笑った。それは初めて私に向けられた、皮肉ではない笑顔だった。

「あ！」

「おっと」

思わずよろけた私の背中に腕が回され、泳いだ腰を受け止められる。

——いけない、もっと注意深くしなければ。

でも……やっぱり私の胸が変だ。高鳴っている。

「す、すみません」

「いや、なかなかうまい。達者と言っていいくらいだ。それにお前の肌の弾力は俺の手に馴染(なじ)む。柔らかすぎるのはつまらんからな」

「……はぁ」

これも多分、褒められているのだろう。

「夜会で着る服を注文しておいた。探索用に特別に誂(あつら)えたものだから、当日までに慣れておくように」

ぐいと上体が後ろへ倒された。腰を支えられていなければ、ひっくりかえってしまうほどだ。

この曲にこんな動きがあっただろうか？

「……っ、承知いたしました」

天井を見上げた私は、答えた。

2　夜会とエスピオンの娘

いよいよ、王宮で年越しの宴が開かれる日になった。宴、つまり夜会だ。

「……夜会」

——この私が王宮の夜会？

前から予定されていたことだけれども、まだ現実味がない。

年が明けたら社交期に入り、さらに招待を受ける機会が増えるらしい。やれやれだ。

出かけるのは夕方だというのに、支度は昼過ぎから始まった。お風呂でジゼルさんを始めとした侍女に髪を洗われ、肌を磨かれる。

そこまでしなくても適当でいいですと断りたかったが、ジゼルさん達の鬼気迫る顔を見ると言えなくなってしまった。

それに私はオルフェーゼ様の婚約者という役回りなのだ。彼に恥をかかせないよう、少しでも見栄えをよくしなければならない。

今まで目立たないようにとしてきた私を目立たせる努力をしてくれたジゼルさん達の職業意識には本当に頭が下がる。

肩までしかない茶色の髪を編み込み、はねる毛先は飾り櫛で押さえて、あらかじめ作ってあった鬘（かつら）の中に押し込んでくれた。

最大の驚きである私の衣装は、通常何枚も重ねて着る下着を、一気に着脱できるように工夫されている特注品だ。もちろん見かけは普通の夜会用の盛装にしか見えない。藍（あい）の地に金糸で刺繍（ししゅう）がされたそれは、大変見栄えのするものだった。

オルフェーゼ様の見立てということだったが、さすがに趣味がいい。

「この服は着付けが簡単で助かりますわ。お仕事用だなんて複雑です」

「でも、とてもいい布地を使っていますから、絶対に目立ちますわよ」

ジゼルさん達は盛り上がっているが、私は呆然と鏡の前で突っ立って彼女達のなすがままになるしかない。

「本当ならお腰は補正用下着で締め上げるのですが、リースル様は大変ほっそりしていらっしゃるからこれで十分ですわ」

「……でも胸が押し上がりませんね」

そう言われ、私は豊かとは言えない自分の胸もとを見下ろした。

「大丈夫です。こちらは身ごろがきつくできておりますから、鎧（よろい）のようにお体を締め付け、お胸を格好よく上げますわ」

――夜会での盛装は鎧（よろい）なの？　まぁ、ご婦人にとっては確かに武装だろうけど。それに補正用下着の中には針金が入っているものもあるから、殿方の舞踏服よりは鎧（よろい）に近いかもしれない。

「とはいえ、いつかは本当の盛装で舞踏会に出ていただきたいですわぁ」

ジゼルさんはかなり重いその服を一気に私に着せつけ、背中の留め具を留めつつそう言った。

残念ながら、私が本格的に盛装をする機会は多分ないが、曖昧に微笑んでおく。それから私は鏡の前に座らされ、化粧を一通り施された。やっとのことで支度が整う。

貴婦人になるのはかくも重労働なのだ。

「ほう！　なかなか似合っているではないか。こんなに化けるとはな！　その服の具合はどうだ？」

部屋に迎えに来てくれたオルフェーゼ様の第一声は、褒める気があるのかわからない、相変わらずのものだった。

「はぁ、重いですが、なんとか動けます」

「そうか、これはあの方の発案だったが、使えるならそれでいい」

「あの方？」

「そのうちわかる。嫌でもな」

あまりよいことではなさそうなので、それ以上は聞かないことにする。

それにしてもオルフェーゼ様は、まばゆいばかりの貴公子ぶりだ。

彼は今まで見た中で一番立派な装いをしていた。私の衣装に合わせてくれたのか、金色の飾りで縁取られた藍の上着を身につけている。それが豊かな髪と長躯を一層引き立てていた。

首もとには宝石のついた留め具が輝いている。均整のとれた体つき、長い手足に優雅な所作。きっと、宮廷中の女性の視線を集めるだろう。

——目立つなぁ……

普段、目立たないように仕事をしている私には、気が重い。

しかし、オルフェーゼ様は私の気持ちになど関心がないようで、玄関ホールの大きな姿見の前に私を追いやり、並んで立った。

微妙な表情の二人が映っている。

「……少々地味だが、まぁ釣り合って見えなくもないだろう。もともと消極的な令嬢という設定だしな」

「それはよかったです」

私は鏡に映る自分達に驚いていた。

さすが伯爵家に仕える侍女達が、腕によりをかけた仕事だ。予想以上に調和している。

私の容貌にこれといった特徴がないことが幸いして、意外なほどの変化を遂げていた。

大きくも小さくもない茶色の目と、普通の高さの鼻。卵型の顔に、平凡な唇。全てが平均値。だから、大抵のものには化けられるのだ。

「どうだ、うまくやれそうか？」

「はい、なんとかついていけそうです。いろいろな者に変装したことがありますが、貴婦人になるのは初めてで、そこは少々心配ではあります……」

「ほう、今までどんなものに変装したのだ？」

オルフェーゼ様はなぜか急に興味を引かれたらしい。

「修道女、商人、薬売り、軽業師、変わったところではお小姓などです。仕事以外に鍛練として変装した時もありましたが、実際に数日間、その人物として生活しました」

「小姓は男だろう？　見破られないものなのか？」

「胸に布をきつく巻く必要はありましたが、大丈夫でしたよ。結構楽しかったです。ある地方貴族の臨時雇いでしたが、主人に気に入られて、ずっとここで働かないかと勧誘されたほどなんですよ」

「それはなかなか興味深い。詳しく聞きたいな」

「――旦那様。そろそろお時間ですよ」

「そうか。ではその話はまた今度、婚約者殿、参ろうか」

ブリュノーさんに言われ、オルフェーゼ様は私に腕を差し出した。私はその手を取る。

それがこの夜の始まりだった。


王宮での夜会は豪勢で、絢爛で、そしてはなはだ無駄なものだ。私は今、強くそう感じていた。

大広間は夜なのに煌々と明るい。高い天井に硝子の照明が吊られ、ろうそくの灯りを反射していた。大きなテーブルには高価な花や、料理が山と盛られた器がところ狭しと置かれている。

なのに誰もそれに目を向けないで、そこここで大げさな挨拶を交わしていた。彼らの装いは色とりどりで、私は昔見た博物図鑑にあった南国の鳥を思い出した。

そしていよいよ夜会の幕が上がる。この夜会の主催である王太子様と王太子妃様が二階に登場した。お二人とも四十歳くらいで、大変睦まじい様子だ。お子様は三人、全員健やかに育っているそうだ。

私は初めて見る尊い方々に目を奪われた。

王太子様が厳かに平和な年越しを寿ぎ、夜会の開始を告げる。一同は杯を掲げて乾杯を唱和した。

それが終わると、舞踏が始まるまでしばらく歓談となる。その瞬間、人々の目が一斉にこちらを向いたような気がした。私達、いやオルフェーゼ様が注目されているのだ。

――ああ、上手にあしらえますように。

私が慎ましく見せるため視線を下げていると、周囲からものすごい圧力がかかる。顔を上げた先には、極彩色の壁――貴族のご令嬢方がずらりと並んでいた。真ん中に紅色の盛装をした一際美しい人がいる。彼女はオルフェーゼ様をなんとも言えない甘い表情で見つめてから、私に冷ややかな一瞥を投げた。

「……オルフェーゼ様、ご挨拶に伺いました」

「ああ、ローザか。皆も、こんばんは。いい夜だね」

「ええ。それにしても、ご婚約の話……たった今知りましたの。驚きました」

ローザと呼ばれた令嬢は、唇を震わせながらオルフェーゼ様に訴えた。

「どうして私に何もおっしゃってくださらなかったのですか？」

「急に決めたことでね。こちらはリースル・アシュレイ。少し世間知らずだけど、仲よくしてやってくれると嬉しい」

「仲よく？　この方と？」

令嬢の憎々しげな視線が私に向けられる。世間知らずと紹介された私は、再び視線を下げて半歩引いた。

「リースル、こちらはローザ、ローザリア・デュ・エイメー伯爵令嬢だ」

「初めまして、ローザリア様」

「こんな方、今までちっとも存じませんでしたわ」

ローザリア様は私の挨拶を無視してオルフェーゼ様を見つめる。

「ああ、彼女は母方の遠縁でね。王都は初めてなんだ」

「こっ、こんな見るからに田舎(いなか)のご出身の方と、なぜっ⁉　オルフェーゼ様は私(わたくし)と……」

ローザリア様は目を潤(うる)ませて、オルフェーゼ様に詰め寄った。なんだか芝居を見ているような気分だ。

すごいな、この方。度胸がある。

「ローザ」

冷ややかな声が彼女の名を呼んだ。オルフェーゼ様のここまで冷たい声は初めてだった。美声だけに怖い。ローザリア様も肩を強張(こわば)らせている。

「出身で人を貶(おとし)めるのはやめなさい。君とはお父上に頼まれて数度ご一緒させていただいたが、私は常に紳士でいたつもりだよ」

「ですが！　オルフェーゼ様は私(わたくし)を……私(わたくし)のことを」

ローザリア様はオルフェーゼ様を慕っているのだろう。そして、オルフェーゼ様がこのお嬢様を誤解させるようなことをしたに違いない。

でも、私を庇うように立って、居並ぶ令嬢方の厳しい視線から守ってくれる彼に、演技だとわかっていてもちょっと感動してしまった。

「ローザ、君はいい子のはずだ。頼むから私のリースルに意地悪を言わないでくれたまえ。それに……ほら、どうやら下りていらしたようだ」

オルフェーゼ様の言葉に私は、顔を上げた。

「おお、これはこれは」

「お二人揃ってのご挨拶だ。今夜は誰が一番にお言葉を賜るのか」

群れていた人々が左右に大きく分かれていく。その向こうに王太子夫妻の姿があった。お二人はまっすぐこちらを見ている。

「行くぞ、リースル」

「え⁉」

オルフェーゼ様はわけがわからない私の腕を取り、人々の間を進み始めた。

――も、もしかしてこれはご挨拶を賜りに行くの？　私、聞いてない。無理、絶対無理～！

私が恐慌状態になっていると、オルフェーゼ様は大丈夫だというように腕に添えた手を軽く叩いてくれた。

「お前は教えられた通りの挨拶をすればいい」

ご夫妻は、はっきりと私達に顔を向けている。私が思っていた以上に、ディッキンソン伯爵家は王家にとって重要な家柄のようだ。

「お招きありがとうございます。王太子殿下、妃殿下」

「ディッキンソン伯爵、いや、オルフェーゼ。この度は婚約おめでとう」

「私達もそれは喜んでいるのよ」

「身にあまるお言葉でございます。これはリースル・アシュレイ。母方の縁者である郷紳の娘でございます」

王太子夫妻を前にしても、オルフェーゼ様は堂々たる貴公子っぷりだ。私の中で彼の株がまた少し上がった。

「こちらが噂の婚約したお嬢様なのね？」

王太子妃は優しげな微笑みを私に向けてくれた。

「この度はお初にお目もじいたし、光栄の極みでございます。リースル・アシュレイと申します」

私はなんとか名乗り、腰を屈めた。——いや、膝から力が抜けた。

「まぁ、とてもしっかりしたお嬢様のようね。私は常々あなたにはこんな娘さんが似合うと思っていたのよ」

どこかで聞いたような台詞(せりふ)を王太子妃様も口にする。

「恐れ入ります。リースルは気持ちはしっかりしているのですが、体が弱く、なかなか外へ連れ出せなかったのです」

王太子夫妻の前で、オルフェーゼ様はすらすらと言ってのける。

「まぁそれで、姿を見せてくれなかったの。でも、よかったわ。大切にされているのね。本当におめでとう、リースル」

「私からも祝いを言わせてくれ。郷紳といっても近頃は並々ならぬ手腕で領地を治めている者も多いと聞く。驕り高ぶり堕落する貴族がいる一方でな……誰とはここでは控えるが。そなたらの婚姻が双方の架け橋となり、よい影響を与え合うものだと信じているぞ」

「そうですわね」

王太子妃様が私の手を取った。こんな誠実そうな方を騙しているのかと、心がずっしりと重くなる。ここにいる全ての人に嘘をついているのだ。罪悪感を抱かないほうがおかしい。

「でな、話は変わるが、オルフェーゼ。最近あいつはどうだ？」

いきなり、王太子様が声を落としてオルフェーゼ様に尋ねた。

——あいつって誰のことだろう？

「相変わらずですよ。私達は久しぶりに大きな仕事に取りかかっております」

「その仕事の概要は聞いてはいるが、大丈夫なのか？　向こうは大物だぞ。あいつは私にすら何も言わないものでな。すまない、あれは頭はいいんだが、どうにも性格がその……婚約したばかりのお前に迷惑をかけているのではないか？」

「その点も大丈夫です。我が家の役割は心得ております。このリースルも一緒です。あの方のことはお任せくださいますよう。殿下から国王陛下にもお伝えください」

「そうか。相わかった。ディッキンソンを名乗る者がそう言うのなら、全て任せることにしよう。

だがくれぐれも無茶はしないでくれ。こちらのご令嬢のためにもな」

「は！　心得ましてございます」

オルフェーゼ様は深く腰を折られた。私も急いでそれに倣う。

「頼むぞ」

「またぜひお話ししましょう。いつでもお二人でいらしてね」

そう言って王太子夫妻は、次の相手の挨拶に向かった。

「まさか妃殿下からご招待を受けるとは思ってなかったな。それだけ気にかけていただいていたということか」

オルフェーゼ様が苦笑いをされるが、冗談ではない。

「少しでもご挨拶をさせていただける可能性があるなら、前もって教えておいてください。危うく膝が割れるところでしたよ」

「いや、なかなか堂々としたもんだったぞ。よくやった」

「でもこれで、やっぱりこの婚約はなかったことにしました、とは言い出しにくくなったのではないですか？」

「……そうだな。ご夫妻から直々に祝われてはな……まぁそれはお前が心配しなくてもいい」

オルフェーゼ様はわずかに目を伏せて考え込む。

やっぱり気が重い。重いと言うか、塞ぐと言うか……私は話題を変えることにした。

「それにしても、さっきお話の中に上がっていた、あいつとかあの方ってどなたのことなんですか？　私達の役目と関係があるような口ぶりでしたが」

「ああ、そのこともあったな。だがこれはすぐにわかる。残念ながら」

「はぁ」

意味がわからない。

「実は今日あたり顔を見せるかと思っていたんだが、まだ姿が見えないので、また後日になるのかな。あの方もあれで目立ちたくない人だから……」

「よくわかりません」

とはいえ、想定外の貴人に声をかけられた疲労と、この夜会を乗り切らなくてはならない使命感で、それ以上詮索する気になれない。必要なことなら機を見てオルフェーゼ様が教えてくれるだろう。

王太子夫妻が遠ざかっていったのを見た貴族が、すぐに近づいてくる。私は再びぎこちない笑顔を貼り付け直した。

私達の婚約はすでに多くの人に知られているようで、たくさんの紳士淑女が口々に祝ってくれる。紳士達はオルフェーゼ様が身を固めることを喜び、貴婦人は嘆いた。そして、令嬢達の視線が痛い。

王太子夫妻との会話にも臆することがなかったオルフェーゼ様は、祝いを述べる方々を鮮やかに捌いていく。おかげで、私は「はい」とか「ありがとうございます」と答えるだけで済んだ。

私に向かってさりげない嫌味を放ってくるご令嬢には、その都度「私の内気なリースルは、そのような言葉に慣れておりませんので」と、撥ねつけてくれた。「私のリースル」には少々引っかからないこともないが、とても頼もしい。

――この方は本当に完璧なんだわ。

きちんと仕事のできる人は好ましい。普段の態度は置いておいて、私の中で彼の株はどんどん上がっている。素直に感心していたその時、横から大きな影が差した。

「やぁ、久しぶりだなディッキンソン。人気者は大変だね、やっと私の順番が回ってきたよ」

「これはデ・シャロンジュ公爵閣下、ご無沙汰いたしております」

オルフェーゼ様が穏やかに応じる。その言葉にはっと顔を上げると、オルフェーゼ様と視線がぶつかった。彼はかすかに頷く。

――いよいよだ！

私は正面を向いた。目の前に立派な身なりの紳士が立っている。五十がらみで灰色の豊かな髪を持つ、一見、人好きのする感じの男だ。

肖像画を見せてもらっていたが、実際のデ・シャロンジュ公爵は予想していたよりかなり大きく、背丈はオルフェーゼ様とさほど変わらなかった。横幅はさらに大きい。

この男が私の、私達の標的なのか……。さっきとは別の緊張感が高まる。

「もう聞き飽きているだろうが、私からも言わせてほしい。婚約おめでとう」

「ありがとうございます。私の婚約者のリースルです」

「リースル・アシュレイと申します。以後お見知りおきを」

私は、はにかむ振りをしながら公爵を見つめた。彼は大らかなふうを装(よそお)っているが、目の光が

昏い。

「これはこれは、しっかりした印象のご令嬢じゃないか。王宮きっての色男も、やっと年貢の納め時かな？」

「お言葉痛み入ります。ええ、私はもうこのリースル一筋です」

「ほっほっほ！　それは！　ぜひ二人で私の屋敷にも遊びに来てくれ。リースル嬢、後で一曲お願いできますかな？」

舞踏のお誘いだ。標的との初めての接触である。なんらかの関わりを迫られるかもしれない。

私は興奮する表情を抑えて頭を下げた。オルフェーゼ様がぎゅっと手を握ってくれる。しっかりやれということなのだろう。

「光栄でございます」

「ディッキンソン、君は顔が広いから、私の仕事も手伝ってほしいと思っているんだ。枢密院は閑職だ。結婚するならもっとやりがいのある職につきたくはないか。よければ内務省にも顔を出してくれたまえ。君に向いた仕事がたくさんあるよ」

「ありがとうございます。ぜひ伺わせていただきます」

如才なく受け流すオルフェーゼ様に、公爵は鷹揚に手を振って去った。

しばらくして踊りの始まりが告げられる。私達は仲睦まじく見せるために、とりあえず続けて二曲踊る予定だ。

たちまちホールの中央は若い男女でいっぱいになり、曲が流れた。若い女性のほとんどは自分のお相手ではなく、オルフェーゼ様を盗み見しているようだ。これはなかなか踊りにくい。

「奴の印象はどうだった？」

曲に合わせてゆっくりと足を出しながら、オルフェーゼ様が尋ねた。彼に手を添えられている私の背中に、貴婦人達の視線が突き刺さっている気がする。

「はい。見かけは立派な紳士でしたが、探るような目つきに嫌なものを感じます」

私は感じたままを告げた。

「ふむ、そうか。奴と踊る時には、できるだけ初な田舎娘の振りをしていろ。お前は話さずに奴から言葉を引き出せ」

「承知いたしました」

そして数曲後、満面の笑みを湛えたデ・シャロンジュ公爵が私の前に現れて腰を折った。私も礼を返す。ありがたいことにゆっくりとした曲だ。

「体が弱いと伺ったが、なかなかよい踊り手であられるな。リースル嬢」

「ありがとうございます」

「王都の印象はどうだね？　何か困るようなことはないか？」

「困るようなこと……ですか？」

「そう、たとえばディッキンソンのことなどで」

——なるほど、オルフェーゼ様のことを探ろうという魂胆か。では少しだけ乗ってやろう。

「困る、というほどではないですが、オルフェーゼ様はどのご婦人にもとてもお優しくて、さすが王宮きっての貴公子という感じがいたします」

「そうだな。彼は非常にご婦人受けがよくてね、今までにもいろいろ噂があったんだよ。今後もし、そういうことで悩むことがあれば私を頼りなさい、リースル嬢。私はそれなりに影響力のある男だからね、きっと悪いようにはしないよ」

「まぁ、心強いですわ。でも今のところそんな心配はありません。とてもよくしてくださっているので」

「ははは！　そうだった、まだ婚約したてだものね。でもなんでもいいから困ったことがあれば、私のところに来るんだよ」

公爵は重ねて言った。まるで困ったことが起きてほしいような口ぶりだ。

「わかりましたわ、公爵様。ご厚意感謝いたします」

そこで曲が終わり、公爵は私をオルフェーゼ様のもとに送ってくれた。

「どうだった？」

「はい。オルフェーゼ様のことで探りを入れられました」

私は公爵とのやりとりのあらましを語った。

「ふぅん。お前を通じて俺の弱みを握り、何かの時に使おうって腹だな。いやらしい奴だ」

「でも、公爵にそう思わせる根拠がオルフェーゼ様にあるのでは？」

私は扇で口もとを隠しながら言った。

「そんなことがあるものか。この大事な時期に軽はずみな行動などしない」

「まぁ、嬉しいこと」

私はわざとらしくほほほと笑ってやった。傍目には仲のよい恋人同士に見えるだろう。

「見ろ、奴が商人組合の代表者達と話をしている。きっと歓談を装った密談だろう。あそこだ」

オルフェーゼ様の視線を追うと、なるほど公爵は商人風の男性達に取り囲まれている。中には外国人もいるようだ。

「なるほど」

「こそこそするより、ああやって世間話を装って堂々とするほうが疑われないからな」

「では次の曲が終わったらやるぞ。行けるな、リースル」

「はい、オルフェーゼ様」

オルフェーゼ様は私が疲れたようだから休ませると言って、あらかじめ借りておいた小部屋に入った。そこにはジゼルさんを待機させている。

「頼むぞ」

「お任せを」

「では、リースル様」

オルフェーゼ様は広間に戻り、ジゼルさんが着替えを手伝ってくれた。

背中の留め具が次々に外され、服を一気に脱がされる。私は用意してもらった黒のお仕着せを身につけた。鬘も地味なものに取り替える。踵の高い靴を脱いで音のしないものに履き代えると、どこから見ても私は召使だ。最後に抜かりがないかジゼルさんがざっと点検してくれた。

——さぁ諜報活動開始だ。

私は何食わぬ顔で廊下に出て、広間に戻った。

「さて」

目指す公爵はすぐに見つかる。

杯や皿を取り替えながら、商人達に取り囲まれているデ・シャロンジュ公爵の言動を、私はつぶさに観察した。

商人達は織物や布を扱う業者らしい。彼らはいかにも世間話をする体で、王宮に必要な布製品の話をしていた。どうやら、春先に入札があり、それに先立って談合が行われるらしい。談合は「お茶会」と呼ばれていた。

王宮で新調される帳や敷物、寝具などがどのくらいの量なのか、私は知らない。しかし、かなりの大商いになることは想像できた。

この広間を見渡しただけでも食卓や窓に掛けられている布、厚地の絨毯、真っ白な布巾など多量の布が使われている。すべて新調しないにしても、広い王宮に無数にある部屋で使われる品々を考えるとすごい量だ。多額の取引になるのに違いない。

ただ、この場では話をしているだけだ。私腹を肥やすために公爵が商人達と結託していると聞いただけで、証拠になるものは手に入れていない。

やがて商人達は散っていき、ある外国人が公爵に近づいた。彼らは外国語で話し始める。

『また随分儲けられるようですな。公爵殿』

私は飲み物の杯を満たす振りをしながら、背後から彼らの様子を探った。

『いやいや、アルディアン王宮に二流品を納品させるわけにはいきませんからな。商人達の管理は私の仕事です』

『時に、さっきの織物商人の話では新しい布地が開発されたとか。お茶会で、詳しくお伺いしたいのですが』

『では特別な菓子をご用意ください。ああ、そこの君！』

急に振り返った公爵は召使姿の私を手招きした。一瞬ギクリとなるが、無論顔には出さない。私は召使らしく慎ましく進み出る。

「私に新しい飲み物を。こちらにも」

「かしこまりました」

私はよく冷えた高価な酒を杯に注ぎ、恭しく二人に礼をする。彼らは私などに見向きもせずに、二人で乾杯した。いい気なものだ。

私はそろそろと下がりながら、視界を広く保った。公爵の後ろに控えていた男と一瞬だけ目が合う。彼が腹心の部下だという従者なのだろう。

彼が公爵の周辺を常に警戒しているから、同じ召使がずっとうろちょろしていたら怪しまれる。そろそろ退散したほうがよさそうだ。そう思った私は皿を下げる振りで広間を出た。

適当なところに盆を置き、急いでさっきの小部屋に戻る。

踊り疲れた令嬢が少し休むのに適切な時間だ。

待ち構えていたジゼルさんがすぐに元の服を着せ、髪も整えてくれる。あっという間に私は令嬢の姿に戻った。あとはさりげなく広間に帰るだけだ。

私は広い廊下の端っこを目立たないように進む。

その時、幾重(いくえ)にも重なった幕の陰から伸びた手に、いきなり腕を掴(つか)まれた。

声を上げる間もなく、強い力で物陰に引っ張り込まれる。

貴婦人になりすますのに気を取られていたのと、王宮の大廊下に不審者はいないだろうという油断があった。失態だ、これはかなりまずい。

体術でなんとかすり抜けることはできるかもしれないが、この後のことも考えると王宮の大廊下で騒ぎを起こすのは得策ではなかった。

それに、どういうわけか相手から悪意が感じられないのだ。

一応、それらしく抗議してみた。

「な、何をなさいますの！」

「脅(おど)かしてごめんね」

不審者はなんと、すぐに謝って腕を放してくれた。

「……は？」

どうやら乱暴するつもりはないらしい。物陰といっても、光がないわけではなく、顔を上げると相手の顔がよくわかった。

狼藉(ろうぜき)を働いた男は、驚くほどの美男だった。

まっすぐ伸びた黒い髪、夜のような黒い瞳、上品な黒ずくめの装い。オルフェーゼ様が光なら、こちらは闇の貴公子というところだ。

「あ、あなた様は……？」

「私の顔を知らないのか？」

貴公子はその容貌にふさわしい美声で私に尋ねた。オルフェーゼ様といい、この人といい、美麗な貴公子は皆、声まで美しいものなのだろうか。

でも、この方に見覚えはない。先ほど紹介された人々の中にはいなかったことは確かだ。こんなに美しい人がいたら忘れるはずがない。

私は、相手の顔を見つめながら頷いた。

「そうか、先ほどの挨拶の折にはいなかったし、無理もないか。私は舞踏が始まった頃にこっそりやってきたんだよ」

「こっそり、ですか？」

「ああ、人目につくと面倒だからね」

「そうだったのですか」

なるほど、オルフェーゼ様が現れた時だって、ご婦人達は大騒ぎだったのだ。こんなのが二人も並んだら、優雅に夜会どころではなくなるかもしれない。

しかし、一体誰だろう？

「君、可愛いなぁ。私が誰だか知りたいんだね？」

「……えっと」

「当ててみなさい。誰だと思う？」

「け……見当もつきません」

「だよねぇ。ごめんね」

なんだかどんどん口調がくだけているような気がする。本当になんなのだ、この人。

油断してはいけない。本能がそう告げている。

私は体勢を立て直した。万が一の時には走って逃げることぐらいはできるように。

「じゃあ教えてあげる。私はサリュートというんだ、リースル」

「サ、サリュート⁉　でも、そのお名前は……」

その名を聞いた私は、思わず後退った。

「おや、知っていたかい？　さすがだね」

私も一応王家にお仕えする身だから、その名前だけは知っていた。サリュートは、この国の第二王子の名前だ。

しかし、彼はほとんど人前に姿を見せないという噂だった。なんでそんな方がここに？　それにどうやって私の名を知ったのだろう？

「驚くことはないよ。リースル・ヨルギア――いや、先ほどの名乗りではリースル・アシュレイ嬢だったね。以後よろしく。私は君をよく知ってるんだ」

私の疑問を見透かしたように王子様は微笑んだ。

「ほ、本当ですか？」

「本当だとも。ところでリースル嬢？」

「な、なんでしょうか？」

突然深みを増した微笑みと共に、サリュート殿下がずいと前に出る。対して私はまた一歩下がった。

——これってもしかして、追い詰められている？

「君のこと、リースルと呼んでもいいかな？」

「あっ、はい。どうぞ！　なんとでもお呼びください」

こんな雲の上のお方にどう呼ばれようが、不満など言えるはずがない。私が頷くと、ますます彼はその美しい顔を近づけてきた。私は軽く慌てる。

「じゃあリースル。私は君が気に入ってしまった。だからさ、この仕事が終わったら、私のところに来ない？」

殿下の放った言葉に私は目を剥(む)いた。

——何、一体何が起きてるの？

「私のところにおいでよ。公爵のことはなんとかしなきゃいけないけど、それだけに君を使うのはもったいない。私は君個人に興味があるんだよねぇ」

綺麗な瞳に妖(あや)しい色が滲(にじ)む。なんとなく態度まで変わっているようだ。

「そ、そんなこと言われましても……」

「困りますな、殿下」

突然、背後に迫る声。ああ、これは――

私はまたしても近づいてくる気配を察知できなかったようだ。エスピオンなのに。

さっきから翻弄されすぎている。なんだかすごく自信がなくなってきた。

しかしオルフェーゼ様は私の落ち込みに少しも頓着しないで、壁と王子に挟まれた私をいささか乱暴に引っ張り出した。掴まれた腕が地味に痛い。

「今宵はご機嫌麗しゅう、サリュート殿下。ご挨拶が遅れましたことを深くお詫びいたします……あなたのせいですけど」

最後の一言は余計だが、オルフェーゼ様はこれぞ貴族という見本のような礼をした。サリュート様はさも当然のように鷹揚にそれを受ける。やはりこの方は本物の王子様なのだ。

「なんで今まで隠れておられたのです？」

「だって、私が出るとご令嬢方が大騒ぎするから怖いんだよ」

「そう言いながら、私の婚約者にちょっかいをかけないでいただきたいのですが」

「なんだいお前、相変わらず無粋だね。私は、お前が珍しく真剣に仕事をしてくれているみたいだから、こっそり邪魔にならないようにしていただけだよ」

「真剣にさせたのはどなたですか。でかい醜聞だ、デ・シャロンジュはあれでも我が家の親戚だから、王家の威信を保ったまま処理せよ、と大騒ぎしたのはあなたでしょう」

「そう、私だよ。だって、自分が贅沢するために商人から賄賂をもらい、職人が必死で開発した技術を、他国に売り飛ばすなんてずるいじゃないか。技術の交流なら悪くないが、王宮の保障する特許権の権利侵害だ、痛い目にあわせなければねぇ」

「だから私が頑張ってるんです！」

「……あ、あの、あのう……」

お二人の言い合いに口を挟む隙がない。主従のはずの二人だが、すっかり対等な口のきき方になっている。

「リースル、不本意だが紹介しよう。この方がお前の本当の主だ」

「……はい？」

「何を間の抜けた顔をしている？　こちらのサリュート殿下は残念ながら私の直属の主で、お前を森から引っ張り出した張本人だと言っているのだ」

「へあ？」

やっと理解できた。この方が、先ほど王太子殿下との話の中に出てきた「あいつ」で「あの方」なのだ。まさか、話題の人物が王太子様の弟君とは思わなかったが。

「私を呼ばれたのはサリュート王子殿下だったのですか」

「そういうこと。これからよろしく……と言うか、もう親しくなっているよね？　無理を引き受けてくれてどうもありがとう」

「どうして私などを？」

「何も不思議なことなどないよ。リースル」

「いえ、さっきから謎だらけです」

「もう、そんな可愛い顔をして……だってそうだろう？　ヨルギアは王家のエスピオンとして、かつての乱世で活躍した家だ。その功績により、一代限りとはいえ爵位を与えたこともあった。今でこそ直接の関係は途切れたけれど、私も家名は教えられていたよ。もっとも、今の王家でヨルギアの仕事を理解しているのは、私くらいだと思うけれど」

「……では、殿下がオルフェーゼ様にヨルギアを使えとお命じに？」

私は震える声で聞いた。王子様が頼んだからオルフェーゼ様は私と婚約してまで、デ・シャロンジュ公爵の不正を調査しようとしたのか。

思わず、オルフェーゼ様を見上げた。一瞬視線が絡む。目を外したのはオルフェーゼ様のほうだ。

「正確には違う。私はヨルギアはどうだろうと彼に提案しただけだよ。ひどいことを承知で言うけれど、ヨルギアがまだ使えそうなら使い、使えそうにないなら捨て置いて構わないと言ったんだ。オルフェーゼも君の家のことは知っていたからね」

サリュート殿下はそこで一旦、話を止めた。

「――だがまさか、ヨルギアの女当主と婚約するとは、思いもつかなかった。彼は君になんと言ったんだい？」

「閣下は、ご自分が婚約したら大騒ぎになりデ・シャロンジュ公爵が近づいてくるだろうから、堂々と調査できて都合がいいとおっしゃいました」

私はオルフェーゼ様を見つめたまま言った。

「ふぅ～ん、なるほどねぇ。リースルを婚約者に仕立て上げて正面から切り込むというわけか。お前もなかなかの策士だねぇ。で、うまく当たったというわけかい？　ディッキンソン伯爵閣下」

オルフェーゼ様は苦々しい顔で黙った。なんでそんな顔で口を歪めているのか。王子様の前で不敬ではないかと心配だ。

「あっ！　あのっ、さっき、デ・シャロンジュ公爵が商人達とお茶会の名目で談合するという情報を手に入れました。日取りもです。その後で外国の商人風の男と新しい布製品の技術に関する取引をするようです」

慌てて殿下に取りなす。

――なんでこんなことまでしなくちゃいけないのか？

「ああ……それで君は、召使の格好で奴の周りをうろうろしていたんだね。最初は私もただの召使だと思ったよ。すごい技術だなぁ」

「えっ!?」

サリュート殿下の言葉に、私は本気で驚いた。

彼に私の変装を見破られていたということだ。さすがは王家の直系ということなのか、優しげな風貌に似合わず鋭い。

「ばれてましたか？」

「違う違う。私はデ・シャロンジュを陰から観察していたからね。そしたら同じ召使がよく動くので奴に何か役割を与えられているのかと思って注意していたんだよ。で、後をつけたら部屋からオルフェーゼの婚約者が出てきたというわけ。君の変装は完璧だった。さすがはヨルギアだね」

「でも見抜かれてしまったなら同じことです」

「私以外にはわからないさ。けどしかし……」

サリュート殿下は、神秘的な黒い瞳で私を覗き込んだ。夜空に星が浮かんでいるみたいな綺麗な瞳だ。どきどきする。

「まさか、これほどの腕とはねぇ。談合の日まで手に入れてくれて、公爵の悪事に一歩近づけた。君にはすっかり脱帽だよ、リースル」

「……私には一言もなしですか？」

オルフェーゼ様がぶすっとしながら文句を言った。

「だって頑張っているのはリースルだよ。お前はただローザを含めたご婦人と踊ってただけだよね」

へぇ～、そうだったのか。私は仕事に専念していたので、オルフェーゼ様が何をしていたか知らなかった。

「踊らないと間が持てないでしょう。それだって情報収集の一環です。踊りながらもちゃんと奴を見てました！」

「リースルのことは見てなかったのかい？」

「私が召使を見てたら変でしょ。それにリースルは全く目立たなかった」

「だよねぇ。私だって後をつけなきゃ気がつかなかったくらいだもの。だからね。はい、これご褒美」

「えっ⁉」

突然、私の腰は引き寄せられた。しなった体にサリュート殿下が伸しかかってくる。そして、口づけを一つ落とされた。

一瞬だけ強く吸い付き、あっという間に離れていく。

――は、初めてのキスの相手が第二王子殿下⁉　これって、これって……！　うわー、うわー！

生まれて初めてというほど動揺する。どんなふうにすればいいのかわからず俯いていると、今度は体ごとぐるりと反転させられた。またしてもわけがわからず目を剥く。

目の前にオルフェーゼ様の仏頂面があった。なんだか怒っているようだが、怒られたって困る。

二人の貴公子の間で私はどこを見ていいのかわからなくなった。

「殿下！　お戯れは困りますな。これは俺の婚約者だと言ったでしょう」

「仕事相手として利用しているんだろうに。ひどいよね、リースル」

「仕事相手だろうとなんだろうと、これは今、俺のものです！　さ、帰るぞリースル。ここでの仕事は終わった」

「はっ、はい！」

オルフェーゼ様は私の腕を取って大股で歩き出した。大廊下に出てまっすぐ進むと正面玄関だ。

だが、そこにはものすごい障害物が発生していた。たくさんのご令嬢方が分厚い壁になっている。

真ん中を飾るのは、あのローザリア様だ。

彼女らは美男子の気配にすごく敏感だった。おそらく姿の見えないオルフェーゼ様を捜しにきたのだろう。そこでサリュート殿下の姿を見つけ、物陰に見え隠れする私達に注目していたようだ。

私はその場にへたり込みそうになった。

エスピオンの私が、こんなに大勢の気配を察せられなくて、どうする！

軽くよろめいた腰をオルフェーゼ様が支えてくれた。それを見て令嬢の壁から悲鳴が上がり、空気が揺れた。

「我が婚約者殿はまだ気分がすぐれぬようだ。というわけで、今夜はこれで失礼いたします。ご機嫌よう、サリュート殿下」

「ああ、そうしたまえ。私が玄関まで送っていこう。君達、すまないが道を空けてくれないかい？」

「やーめーてー！」という私の心の声も虚しく、私は二人の貴公子に挟まれて、令嬢達のど真ん中を突っ切る羽目になった。目立つために乗り込んだ夜会とはいえ、会場内だけで十分だと思っていたが甘かったようだ。体中に刺さる視線の重圧に、思わず責任を放棄したくなった。

けれどその時、廊下の向こうに、デ・シャロンジュ公爵の姿が目に入った。急いでオルフェーゼ様を見上げる。彼も公爵に気がつき口もとを引き結んだ。反対側のサリュート殿下は、うっすら不敵な笑いを浮かべた。

茶番劇はまだ続いていたのだ。

「リースル、しっかり歩け」

「は、はい！」

「そんなに急がせなくても馬車は逃げやしないよ。ごめんねリースル、こんな男で」

「私は早くこの場から去りたいんです！」

それは私も同感だ。

オルフェーゼ様は私を抱えてどんどん進んでいく。あたふたと正面の大階段を下り馬車に乗り込んだ私達は、家路についた。

馬車の中で私は今日見たことと聞いたことを、オルフェーゼ様に報告する。

「――私が談合に忍び込めるといいのですが……って閣下、聞いてますか？」

オルフェーゼ様は怖い顔で腕組みをしている。

「聞いている。それに名前で呼べと言っただろう？」

「ですが、ここは公の場所じゃないですし……」

「それでもだ。全く、あの第二王子め！　珍しく今日は姿を見せないと思ったら。全く腹の読めないお方だ」

「あのー」

「なんだ！」

さらに怖い顔で睨まれる。よほどサリュート殿下が気にくわないのだろうか。だけど自分の主の事情は、きちんと把握しておきたい。

「サリュート殿下はオルフェーゼ様の主君でしょう？　それなのにお二人は、かなりざっくばらんに言い合っていらっしゃったみたいですけど。一体どんなご関係なんですか？」

「関係？　気色の悪いことを言うな。あの王子と俺は、学園と軍で一緒だったというだけだ。あちらが二年先輩だが、ずっと俺が世話を焼いていた。というか焼かされていた」

「それはいわゆる、小姓とか、従者というものでは？」

「世間ではどうか知らないが、俺にそんなつもりはない。一緒に仕事をしてきたが、あの性格の悪い王子は常に私をからかって喜んでいるんだ」

「……はぁ」

性格が悪いのは主従をして、だと思う。

でもこれで二人の関係が想像できた。仲の良し悪しはともかく、彼らは二人で、王室のために働いているのだろう。いわば相棒というものだ。

「お前、何を言われたか知らんが、あの人に騙されるなよ」

「私が何を騙されるというのでしょう？」

「あの殿下は、ああ見えて捻くれているんだ。ご兄弟は王族の義務を果たすべく、全て婚姻なさったのに、一人だけわがままを貫き通して独り身を続けている、何を考えているのかわからないお方だからな」

「はぁ。ですがデ・シャロンジュ公爵の不正を暴こうと考えられたのは、サリュート殿下が最初なんですよね？」

「あの方が気づかなくても、いずれ誰かが気づくことだったとは思うが、お前の家を使うという発想が他の者にはなかったのは確かだ。それは評価してもいい」

オルフェーゼ様は自分の主人に対してわりと辛辣だ。私は少しばかり、彼をからかいたくなった。

「ですが、殿下もまさかオルフェーゼ様が、私と偽の婚約までして公爵を欺くとは思っていなかったようですね。捻くれ具合は主従で似ていらっしゃると感じましたが」

「なんだと!?」

オルフェーゼ様の形のよい眉が吊り上がる。ご婦人達の前ではとり澄ましているくせに、案外と表情豊かな人だ。

私はなんとなく気持ちがすっきりした。

「出すぎたことを言って、申し訳ありません。私の今日の首尾はどうでございました?」

「ああ、まぁ……よくやった……と言っておく」

オルフェーゼ様は、気を取り直したように渋々褒める。嫌なら無理に褒めてくれなくていいのに。

「あんなにうまく紛れられるとは正直、予想していなかった。おかげで談合の日と出席者が確かめられたな」

オルフェーゼ様はそこで初めて笑った。

「それならよかったです。で、次の仕事はどのようになさいますか?」

「春には都の公会堂で、様々な商会が共同で新商品の展示会を行う」

「結構先ですね。大規模な催しなのですか?」

「そうだ。そこには貴族だけでなく、郷紳や裕福な平民も数多く集まる。そこで、結婚前の買い物がてら、情報集めをしようと思う。デ・シャロンジュの交友に割り込めたら、奴の屋敷にも招待されるだろう。そうなったら次は屋敷の潜入調査だ。すでに今夜彼は、私達を招きたいと言っていた。私の家柄と人気が、自分にとって利があると考えているはずだ」

「なるほど」

「お前も心しておくように」

「承知いたしました」

なんだか信頼されたようで嬉しい。そして、敵陣に乗り込む日が近づいているのを感じた。

「お任せください。きっと証拠を掴んで見せます」

私は今までで一番やる気に満ちて、オルフェーゼ様に力強く頷いた。

「……ところで、リースル、これを」

オルフェーゼ様はポケットから手布と鏡、そして小さな紅を取り出した。

「はい？　なんですか？」

「紅が取れている。みっともない」

忘れていた。さっきサリュート殿下がびっくりするような触れ合い——キスを仕掛けてきたのだった。

「……あの方って、いつも女性にあんなことをされるんですか？」

私は手布で口の周りを拭いながら尋ねた。

「さぁ知らん。とにかく屋敷に着くまでに口もとを整えて、紅を塗り直しておけ。いろいろ誤解されては面倒だ」

「ありがとうございます。閣下ってすごく準備がいいんですね」

この紅は、ご自分が婦人の紅を取っちゃった時のための用意に違いない。

「つまらない詮索をするな。ははぁ、それとも焼きもちかな？」

オルフェーゼ様が意地悪く微笑む。

「焼きもちを妬く理由がないです。でもさすがにこの馬車の中で引きづらいですね。はみ出してしまいそうで」

「それもそうだな。ではこうしよう」

そう言ったオルフェーゼ様は、私の腕を引き、ひょいとご自分の膝の上に抱えた。

「え？」

「こうすれば揺れは少なくなるだろう？」

とんでもない格好にしゃちほこばると、彼は膝で私のお尻を挟んだ。確かにこうすれば揺れない――揺れはしないが、殿方の足の間に挟まっている私のお尻と気持ちが大変である。

「ひえっ!?　あのっ！」

「ああ、うるさい。ほら、紅を貸せ」

あたふたしている私から紅を取り返したオルフェーゼ様は、自分の小指に紅を取り、私の唇に触れた。

「あっ……あの、あのう……」

「動くな。指が鼻の穴に突き刺さるぞ」

――そ、それは確かに！

しかし、人の指先が自分の唇に触れるのは初めての体験で、どうにも落ち着かない。軽く混乱していた。

オルフェーゼ様は、実験動物を観察する学者のような小難しい顔で、私の唇に小指を這わせた。

長いまつ毛の下の翠の目が、湿った光を帯びて私の唇を覗き込んでいる。

触れられている部分はほんのわずかなのに、指と唇がぴたりとくっついて……なんだか妙に熱い。

そして不意にそれは終わった。

「ふむ。これでなんとか見られるか」

彼はぽいと私を向かいの座席に放り出した。

「あ、ありがとうございま……す？」

「ふん。まったく手間をかけさせる、あのくそ殿下め。お前、今度から絶対に油断するなよ。あの人は一度興味を持つとしつこいから」

「はぁ」

だけど、もうすぐ屋敷に着くのに、なんで紅を引き直さなくてはいけないのか。よく考えると、屋敷の人達は私とオルフェーゼ様の関係を知っているので、誤解などしない。何がそんなに気になったのか。

小指の紅を拭っているオルフェーゼ様を私はそっと盗み見た。

しかし、私に興味をなくしたように暗い街並みを眺め始めた彼の横顔からは、何も読み取れなかった。
もう詮索するのも面倒な気分だ。
とにかく疲れた。本当にどっと疲れていた。
遠くから鐘の音が聞こえた。どうやら年を越してしまったらしい。
新しい年は、どんな運命を私に運んでくるのだろう。
私はそっとオルフェーゼ様の見つめる先を目で追った。

3　春の催しとエスピオンの娘

春と秋に一度ずつ、王都の公会堂では大規模な展示会が開催される。

オルフェーゼ様曰く、貴族の婦人や裕福な商人の娘達は、今季流行する衣装や装身具、小物や雑貨などを品定めしたり、注文したりするために集うそうだ。

それに、重要な社交の場でもある。

「うわぁ、広いですねぇ」

私は真ん中が硝子張りの丸屋根になった、明るく広い展示場を見て驚いていた。先日、夜会が開かれた王宮の広間も大きかったが、ここはその倍以上だ。高い天井の硝子張りの部分から、陽の光が降り注いでいた。

多くの商人達が自慢の品を出している。いずれも高級な品々で、本店に引けを取らない品揃えだ。もちろん休憩用の喫茶室も備わっていて、王都で評判の甘味店が多くの女性達で賑わっていた。さながら王都の目抜き通りが、すっぽりと収まったようだ。

広い庭には家具や装飾資材を扱う店もあり、男性も多い。

どこもかしこも人と品物に溢れていた。

ここが私の今日の仕事場である。

「あまりきょろきょろするなよ、はしたない」

「すみません。でも、こんなの初めてで……すごいですね。お店があんなにたくさん、人もいっぱいで」

貴族だけでなく、上流の市民も大勢いて、広い公会堂の中は活気と華やぎに満ちていた。

そして、やはりというか当然というか、そんな中にいて目立つのは、隣を歩くオルフェーゼ様だ。体格、服装、身のこなし、全てが異彩を放っている。

本日の私達は、間もなく控えた結婚生活に必要なものを買いにきた婚約者達という設定だ。堂々と店に立ち入り、誰からでも話が聞ける。

とはいえ、通りすがる老若男女全てがオルフェーゼ様に一瞬目を留め、横にいる私を見て目を逸らす。その意味は歴然としていた。

なんでこんなつまらない娘が美貌の男の横にいるのか疑問だ、というところだ。

あまりいい気持ちはしない。

「今のところデ・シャロンジュ公爵の姿はありませんね」

「そうだな。まぁ、奴には奥方と令嬢がいるから、そのうち家族でやってくるんじゃないか？　俺達はその前にできることをやってしまおう」

「わかりました」

「談合の出席者をもう少し調べたい。宝石商なども疑わしい。宝飾品や布地の店では女のお前が前に出るのがいいだろう」

「はい」

「外に木材と金物の組合があったから、俺は後でそっちを調べる」

それからしばらく私はオルフェーゼ様の婚約者の体でいろんな店を見て回り、たくさんの商人達と話をした。

そこでわかったことは、内大臣であるデ・シャロンジュ公爵に誰もが従っているということだ。

どうやら展示会に出店するためには、組合の推薦書と出店費用の他に、内大臣の印が入った許可証が必要だかららしい。無論、その許可証を王家は出していない。

「公爵様が納得してくださるだけのお金を用意しないと出店できないんです。そんなこと、昔はなかったんですがねぇ」

宝石商の老店主は辺りを憚るようにして、オルフェーゼ様に愚痴を零した。

オルフェーゼ様はその店で琥珀の首飾りを購入している。貴族の婦人がつけるとしたら地味だが、誰にあげるつもりだろうか。

とはいえ、特に興味はないので仕事の話をした。

「かなりあちこちから搾取していますねぇ。デ・シャロンジュ公爵は」

「そうだな、奴は問題にならないすれすれの金や品物を要求している。だから今まであまり表に出なかったんだな。しかし、合わせればかなりの額だし、これは立派な不正だ。大口の儲けは外国に秘匿の技術を売りつけることで得ているんだとしてもな。だが羽振りのよさを隠せなかったのが運の尽きだ」

「技術の流出も国の損失ですよね」

「そうだ。技術者が苦労して開発した技術は一定期間、王家が権利を保障することになっている。いつの間にか流出していたとなると、王家の威信にかかわる」

「確かに」

「奴の狡猾(こうかつ)さは、技術者本人が気がつくほど独創性の高い技術には手を出さなかったことだ。それに勘づいたのはあの忌々(いまいま)しい殿下だが、知ったからには俺だって奴の好きにはさせん」

「格好いいですね。オルフェーゼ様」

私は心から称賛したのだが、残念ながら彼には伝わらなかった。

「うるさい、次行くぞ！　向こうの陶磁器の店だ！」

「はい！」

それからもオルフェーゼ様は精力的に聞き込みに回り、幾(いく)つかの組合の代表達が、デ・シャロンジュの屋敷に招かれていることを探(さぐ)り出した。それはあの入札の談合とは別の日だ。オルフェーゼ様は巧(たく)みな弁舌と笑顔、そして優雅で余裕のある物ごしで商人達を魅了し、彼らを饒舌(じょうぜつ)にさせた。

――ひょっとして私、必要ないんじゃ……？

そう感じるほど、彼の探索能力は優れている。

オルフェーゼ様に対する評価が結構上がった。私は仕事のできる人間が好きなのだ。

「お買い上げありがとうございます！　これからもどうぞご贔屓(ひいき)に！　奥様もお幸せに！」

「……え？　あ、ありがとうございます」

はっと思った時には、オルフェーゼ様が大量の小物を買いつけていた。立ち寄る店で話をする度に薦められた品物を買っているので、とんでもない量と金額になっている。布地、傘、帽子、いずれも最高級で趣味のよい品ばかりだ。

「あの……本当に買うことはないんじゃ。もったいないのですか？」

「何を言う。必要な投資だ。買い物をするから、彼らは俺を信用するんじゃないか。宝石商が言ってただろう？　信用は財産だ」

「だけど、こんな婦人用の服や傘なんかどうするんですか？　返品できないでしょう？」

「返品などするか！　これらは全部有効に使う」

確かにどこかのご婦人に贈るのだとしたら、無駄にはならない。

「女性に人気があるのも大変ですねぇ」

「これはお前にだ！」

「へ？　私に？　なぜ？」

「そこは首をかしげるところじゃないだろう。まったくわからない女だな。文句を言わずに受け取っておけ」

「ええっ！　私、要らないです。とても買える額じゃありません！」

「大きな声を出すな！　仮にも俺達は婚約者同士なんだ。夫となる俺が贈り物をするのは常識だ」

「でもこれは振りです。本当にお金を使わなくても……」

「うるさいぞ、お前しばらく黙ってろ！」

「すみません」

「……しかし、荷物になるな。今日は従者を連れてこなかったし、ああ、向こうに係りの者がいるから預けてこよう。ついでに外も見てくる。お前は喫茶室で待っていろ。辺りをよく見ておくように。おしゃべりな雀がやってくるかもしれない」

「わかりました」

「くれぐれも優雅に振る舞うんだぞ。席は隅のほうにしろ。何か注文するなら、茶と甘味を同時に頼めばいい」

「はい」

私は大荷物を抱えたオルフェーゼ様の背中を見送って、言われた通り喫茶室に足を向けた。ちょうど、お腹が空いてきたのだ。

中庭に面した喫茶室はたくさんの人で賑わっていたが、幸い席は空いていた。人々は見晴らしのいい一段高い真ん中の席でおしゃべりに興じているので、私は窓際の陰に席を取った。

ここなら庭に向かって扉が開いていて、外の風景が楽しめる。大変よい場所だ。

しばらく待っていると給仕が注文を取りに来たので、お茶とお菓子を注文する。すぐに砂糖がたっぷりかかった焼き菓子が運ばれてきた。私は大喜びでそれを切り分け、口を開ける。その時、背後からものすごい殺気が襲ってきた。

思わず、菓子についてきたナイフを逆手に持ち替える。

けれど、そこにいたのは大きな紅孔雀と極楽鳥の群れ——いや、着飾ったご令嬢方であった。

「まぁまぁ、これはこれはディッキンソン伯爵様のご婚約者の方ではなくて？　お名前は……ええと、失礼、忘れてしまいましたわ」

上品な喫茶室で、南国の色鮮やかな鳥に私は囲まれてしまった。

空は高く澄み、風がほどよく髪を梳く。こんな素敵な日に、どうして目に痛い極楽鳥の相手をしなければならないのか。

――ひぃふぅみ……七羽もいる。

中央に陣取っている紅孔雀は、夜会でオルフェーゼ様に縋っていたローザリア様だった。今日も紅い服を着ている。凝った形のその服は、彼女の白い肌と華やかな容姿を引き立てていた。

「リースルと申します。エイメー様」

「私のことはローザとお呼びになって構いませんことよ。だってオルフェーゼ様もそう呼んでくださいますもの。ご存じでしょう？」

「はい。ではローザ様、よろしくお願いいたします」

私は曖昧に笑った。他にどうしようもない。女同士の舌戦をするくらいなら七人の男を相手に立ち回りを演じるほうが楽だと思う。

「ねぇあなた、郷紳のご出身でいらっしゃるそうね。でも、なんだかそんなふうにも見えないのですけど」

彼女は何が言いたいのだろう。

艶やかな黒髪を高々と結い上げたローザリア様は、優雅に扇を畳んで私を指した。すぐさま他の極楽鳥も同調する。

「あら、この方、お頭も悪そうだけど、お耳も悪いのかしら？　大層ぼんやりしていらっしゃるわ」

「本当ですこと、お気の毒に」

「それにしてもなんて貧弱なご様子なの？」

かしましくさえずる極楽鳥達を目で制し、ローザリア様がなおも尋ねてきた。取り巻き連中をしっかり掌握しているようだ。

「アシュレイ家のご領地はどちらなのかしら？」

「王都からはかなり遠くでございます」

私は用心深く答えた。これは当分放してもらえそうにない雰囲気だ。

「失礼ですけれど、遠縁とはいえ、たかが郷紳の娘がどういう成り行きで、ディッキンソン伯爵家のような大貴族とご婚約を結ぶ運びになったのでしょう？」

「それは私の口から申し上げられません。オルフェーゼ様――私の未来の夫に直接お聞きになって。それより皆様、お座りになったらいかがでしょう？　ほら、お席はまだ空いてますわ」

私は夫という言葉に少し力を込めて言った。こうなったらとことん相手をしてやろうと開き直る。デ・シャロンジュ公爵には娘もいるようだし、ひょっとしたら娘の話題の一つも出るかもしれない、そう考えて。

「夫！　あなたみたいなお方が、オルフェーゼ様を夫と呼ばないでいただきたいですわ！」

「本当にそうですわ」

「まだ婚約中の身でしょうに、図々しい！」

一斉に令嬢達が騒ぎ出す。思った通りの反応に、私は黙った。

紅孔雀のローザリア様だけは静かに唇を震わせている。その姿は、本当に綺麗だ。この人は本当にオルフェーゼ様が好きなのだろう。

やがて、ローザリア様は口を開いた。

「あなた、どうやってあの方に取り入ったの？　何か脅しでもしたのかしら？」

「……脅してなど」

むしろ脅されているのは私のほうだ。私は臆せず答えた。

「そう。無礼な方ね」

彼女は苛立ってきたらしい。その様子を見て極楽鳥達が前に出た。

座っている私の周囲に極彩色の檻ができて、せっかくの外の風景が見えない。

私はため息をついた。仮りそめとはいえ、私はディッキンソン伯爵の婚約者だ。それらしく振る舞わなくてはならない。

「無礼はそちら様でございましょう」

しかし、私の言葉に令嬢方は動じなかった。

「あらあら、ご存じないようだからお教えしますけれど、こちらのローザ様はずっと伯爵様の恋人であられた方なのですよ。あなたのような新参者とは違うのです！」

「そうですわ。お二人はとても仲睦まじくて、よく寄り添っていらっしゃるのをお見かけいたしましたもの。ねぇ、ローザ様」

「え、ええ……あなた、あなたのような方をオルフェーゼ様がお選びになるわけがないわ。あの方は私が一番美しいとおっしゃられた！　美しいものが好きだと。だ、だから私がす、好きだと……」

ローザリア様の言葉は消えてしまいそうになっていた。これこそ本当の恋する乙女だ。そのいじらしい姿は同情を誘った。オルフェーゼ様はなんて罪なお方なのだ。

「ローザ様……」

「オルフェーゼ様は幾度も音楽会や、舞踏会に私を連れ出してくれたのです。ええ、私達は確かに恋人同士だったのですわ！　それがどうして……」

「……それはお父上に頼まれたからだと伺っています。現に選ばれたのは私です」

私は目に涙を滲ませた美少女を見上げて言った。大人っぽく見せているけれど、彼女は私よりも二つ三つ若いのだろう。

手に入らないものがあるなど考えたこともない、純粋で美しいご令嬢。世の中にはこんな方もいるのだ。

私は少し羨ましく思いながらローザリア様を見つめた。

彼女とは生まれも育ちも違う。けれど、同じ女として理解できないわけではない。

「どうして、どうして！」

「ローザ様……ね？　お泣きにならないで」

周りの極楽鳥達は、おろおろと彼女を慰めようとする。

「……ローザ様、一つお伺いしてもよろしいですか？　少し申し上げにくいことなのですが」

彼女に同情はするけれども、私は私の仕事をしなければ。少々気になることがあった。

「な、なんですの？」

「ローザ様は、オルフェーゼ様と夜半にお会いになったことがおありになりますか？」

「そ、そんな。そんなはしたない真似はいたしません！」

「それは失礼いたしました」

彼女が嘘を言っているようには見えない。

つまり、あの半月の晩、オルフェーゼ様が会っていたのは別の女性。多分、そんな方が何人もいるのだろう。

やはり私の上官はこんな仕事の途中なのに女性と縁を切っていないのだ。

それにしてもローザリア様はかわいそうだ。心からオルフェーゼ様のことを想っていらっしゃるのに。

「それがどうしたというのです！　あ、あなたはまさか、お子を身籠られたと言って、真面目なオルフェーゼ様に結婚を迫ったり……」

「違います！」

そこはきっぱり否定しておく。冗談ではない。

「ローザ様はオルフェーゼ様のことを本当に想っていらっしゃるの？」

「え？　ええ、それはもちろん……もちろんですわ！」

「わかりました」

「わかりましたですって？　あなた何を考えていらっしゃるの？」

私がちっとも怯(ひる)まないのを見て少々拍子抜けしたのか、ローザリア様は呆れたように言った。

「いろいろと。もう一つ伺(うかが)いますが、オルフェーゼ様がどんな方でも、ローザ様の想いはお変わりになりませんか？」

「む、無論、そうですわ。オルフェーゼ様はたくさんの人脈をお持ちの方。それにあのお姿とご才能ですし、あの方を想う女性はそれこそ星の数ほどいるでしょう。それは知っています。上位貴族にはいろいろと柵(しがらみ)がございますもの。あなたなどにはご理解できないでしょうけれど。その点、オルフェーゼ様は割り切って如才なくお相手されていると思います。でも……」

ローザリア様はそこで言葉を切った。さっきまで泣きそうになっていたのに、きっぱりと顔を振り上げる。

「でも、私(わたくし)は、私(わたくし)だけは特別なのです！」

「特別？」

「ええ、そう。オルフェーゼ様があなたを選んだのは、何か事情があってのことでしょう」

それは間違いない。乙女の勘だろうか、いいところを衝(つ)いていた。

「まぁ当然ですわね。だってあなたはオルフェーゼ様のご趣味からは程(ほど)遠いし……そうよ、私(わたくし)きちんとあの方にお伺(うかが)いするわ！」

「そうですか」

彼女の自己完結は素晴らしい。いっそすがすがしくて、私は彼女が好きになってきた。とはいえ、どうすることもできないのだが。

「あなた、いい気にならないようになさることね。身の程を知らないのは、幸せでしょうけれど」

「ご忠告感謝します。ですが、それについては声高に言わないほうがいいと思いますわ。オルフェーゼ様の婚約者は私です。あなた方のお振る舞いは不愉快ですよ」

私は控えめに警告をした。ローザリア様は悔しそうに唇を歪める。

「もう失礼いたします。ご機嫌よう」

「せいぜい、一時の幸福に浸られるがいいですわ」

「あらあらお茶が冷めてしまいましたわね。でも田舎の方にはちょうどいいかしら？」

口々に私を嘲りながら、ローザリア様と極楽鳥の集団は去っていく。

やれやれ、だいぶん突かれてしまったな。デ・シャロンジュ公爵の娘の話題を振る暇もなかった。

これではオルフェーゼ様にがっかりされるかもしれない。

私はすっかり冷めたお茶をすすった。これだって十分美味しい。楽しめる基準が低いのは庶民の強みだ。

そうして極楽鳥達をやり過ごし、ほっとしているところに、オルフェーゼ様がやってきた。どうやら、庭からこちらを見ていたらしい。

「あら？」

「ローザ達がいたな。何を話していた？」

見ていたんなら、なんでもう少し早く来てくれなかったのか、とは言えず、恨みがましい目で睨む。

「いえ別に」

「いいから言ってみろ」

「……ローザリア嬢が、私がオルフェーゼ様の婚約者になったのは何か仔細があってのことだろうと」

「ふぅん……それでお前はなんと？」

「特に何も」

オルフェーゼ様の沈黙には圧力がある。仕方なく私は、正直な気持ちを伝えることにした。

「ローザリア様のお心は女としてわかります。私のようなぽっと出の娘が閣下の婚約者になったことを、認めたくないのでしょう。実際、違いますしね」

「お前……何か怒っているな？」

「怒る？」

「怒っているだろう。お前が俺を敬称で呼ぶのは、大抵腹を立てている時だ。気がついていないと思っていたのか。それにいつもより表情が険しい」

「……そんなことは」

確かに私は気を悪くしていた。ローザリア様に同情したからだ。

オルフェーゼ様の顔はいつも通り意地悪そうだった。仕事はできるかもしれないが、女の子にとって彼が残念な人であることは、間違いない。もう少し異性に誠実だったら本当に素敵なのに……

「ひょっとして俺の周りにいる女達に妬(や)いているのかな？」

「以前にも申し上げたはずですが、私に妬(や)く理由などありません」

魅惑的な流し目を無視して言った。どうしてそんなに私に焼きもちを妬(や)かせたがるのだ。

ローザリア様もこんな男は早く見限るべきだろう。

私はがつがつと残りの菓子を食べ、冷たい茶をぐいぐいと呷(あお)った。

「きちんと、不愉快であるという素振りはして見せましたよ。婚約者に別の女性が存在すると宣言されて平気な女はいないでしょうから。ええ、ちゃんと演技しました。そして、追っ払いました」

「お前は本当に……」

一気に言い切った私に鼻白(はなじろ)んだのか、オルフェーゼ様は肩を落とす。私は彼から視線を外した。

「あ！　向こうに公爵が来ました！」

四阿(あずまや)の陰に目的の人影がちらりと現れる。なんとも具合のいい頃合いに姿を見せた公爵様に、私は不謹慎にも感謝した。

「ああ、やっと現れたか。例の従者(じゅうしゃ)もいるな。では行こう」

オルフェーゼ様も仕事用の顔つきになる。私達は腕を組んで、いかにも仲よさげに四阿(あずまや)に向かった。

「こんにちは公爵閣下」

「やぁ、ディッキンソン。久しぶりだね。年越しの宴（うたげ）以来かな。リースル嬢もご機嫌よろしゅう。今日は恋人同士で買い物かい？」

「そんなところです。閣下のご家族は？」

「うちの連中は服飾店で山ほど注文をしてたよ。女の買い物には付き合いきれんので抜けてきた。私にも仕事があるのでね」

　二人はにこやかに話しながら握手を交わす。

「結婚には宝石や陶器などたくさんの品が必要だね。どうだい？　明後日（あさって）、屋敷に商人達を呼んで懇親会を開くんだが君も来ないかい？　いい商人を紹介するよ。私の口利きがあればよい品を市場より安く手に入れられる」

「それはありがたい。ぜひ伺（うかが）います。宝石類は幾（いく）らあっても邪魔になりませんからね。リースルもこれで美しいものには目がないですし」

「ええ、綺麗なものは大好きですわ」

　私は心にもないことを言った。私達が婚約者同士だからこそ、こうやって誘われるのだろう。オルフェーゼ様の目論見（もくろみ）は大当たりだ。

　しかし、横にいる公爵の従者（じゅうしゃ）が嫌な目つきでオルフェーゼ様を見ている。彼の上着の内ポケットはぱんぱんに膨らんでいた。きっと怪しい書類が山ほど入っているのだろう。

「では明後日（あさって）」

オルフェーゼ様は満足したのか、話を切り上げる。私達は、もう一度挨拶をしてその場を辞した。

「やっぱりあの従者がいろいろな契約書を管理しているみたいですね。なんなら私、すってきましょうか」

「冗談じゃない。書類なんかすったら警戒されてしまう。せっかく向こうから招待してくれたんだ。機会は幾らでもある」

「わかりました。しかし、これで一気に仕事が進みますね！」

私は意気揚々と言った。

「だが、屋敷に行くのはお前じゃないぞ」

「え？　どういうことですか？」

わけがわからない。しかし、彼には何か魂胆があるようだ。

いいや。その内わかるだろう。ここでの仕事は終わった。

私達は帰路につくために再び寄り添って腕を絡める。

「あ……」

遠くからローザリア様が険しい顔でこちらを見ていた。なんだかとても気の毒だ。彼女のためにも早く仕事を終えなければ。そう、きっとそれがいい。

「ん？」

私の視線を追ってオルフェーゼ様が彼女のほうを見る。彼もなんだか微妙な顔つきになっていた。

けれど彼は何事もなかったかのように、顔を前に向ける。

「行くぞ、リースル」

その様子を不思議に思いながらも、私達は展示会場を後にした。


その夜。私は久しぶりに夜の散歩に出るため、部屋を抜け出した。

木や壁を伝って屋敷の大屋根や煙突の上を跳び回り鍛錬する。

以前オルフェーゼ様の午前様の現場を見てやめていたが、いよいよデ・シャロンジュ公爵の屋敷に行くのだ。油断するわけにはいかない。

「はっ！」

正面玄関の庇（ひさし）に上る。庇（ひさし）の上から暗い前庭を見下ろした。

一応、敵というか、怪しい気配がないか探（さぐ）ってみる。けれどこの家の場合、怪しい気配は家の中にあった。

厩（うまや）のほうで嘶（いなな）きが聞こえてすぐ、黒馬に乗ったオルフェーゼ様が半月の下に出てきたのだ。夜目（よめ）にも、帽子を被った黒い装（よそお）いが見える。馬具や上着につけた金属の飾（かざ）りが弱い月光を撥（は）ね返して光り、怪盗のようで格好いい。

けれど、その目的は格好いいとは言えないはずだ。おそらく夜這（よば）いだろうから。

展示会の帰りに疲れたと文句を言っていたのに、もう回復したのか。それとも、こっちとあっちは違うのかもしれない。いずれにしても結構な体力と気力だ。

「……仕事はできる人なのになぁ」

私は門の脇から出ていくオルフェーゼ様の背中に向かってつぶやいた。どういうわけか、心の中を虚しい風が抜ける。

私はどうにも苛立つ気持ちを振り切るつもりで庇を駆け上がり、二階の露台から一気に大屋根に跳び上がった。

大屋根は庇より大きく傾斜がきつい。そして、ところどころに煙突がにょきにょき伸びている。鍛錬するには、もってこいの場所だ。

私は何も考えられなくなるまで、そこで跳躍と疾走を繰り返した。この下は屋根裏部屋で誰も使っていないため迷惑をかける心配はない。

一時間ほど駆け回り息が上がった頃、再び前庭に何かの気配を感じた。急いで下を見ると、なんとオルフェーゼ様がいる！

これは一体どういうこと？　夜這いにしては短すぎる。

私は思わず大屋根から庇まで跳び下りた。注意深く縁のぎりぎりまで寄って覗く。その間に馬を戻してきたようで、オルフェーゼ様は再び前庭に出てきた。

「わ……」

いつの間にか真下に移動していたオルフェーゼ様と、まともに目が合ってしまった。まさか、私がここにいることに気づいていた？

「またそんなことをしているのか、下りてこい！」

思わず顔を引っ込めた私に、オルフェーゼ様は怒鳴った。

——ひいい〜、思いっきりばれてる！

「早くしろ！」

そんな大きな声を出せば、誰かが起きてくるかもしれないのに。

でもどういうわけか誰も出てこない。この家の警備はどうなっているんだ。

私は仕方なく、一階の窓枠を伝って地面に跳び下りた。庇の下は石畳だったから、その向こうの芝の上にそっと立つ。

「……うまいもんだな。これは真似ができん」

オルフェーゼ様は世間話でもするように言った。

「できたら困ります。私の仕事がなくなりますので。これは遊びではなく鍛錬なのです」

私は平静を装って返事をしたが、どうも彼の姿が変だ。めかし込んでいたはずなのに、帽子も上着も胴衣すらなくなっているし、首に巻いていた絹も消え失せてシャツから胸が覗いている。さすがに剣帯と剣に異常はないが、それにしても腑に落ちない。

情事の後だと思えばそう見えなくもないが、身支度もできないほど慌てて帰ってくる理由はないはずだ。一体何があってこんな姿になったのだろうか？　追い剥ぎにでもあったとか？

ただ、この人に限って、身ぐるみ剥がされるまで黙って襲われていることはないだろう。

これはやっぱりどこかの女に毟り取られでもしたか？

「……お前今、ものすごく失礼なことを考えているだろう？」

「あ……そんなことは……いえ……そうです。実は考えておりました」

私は正直に言った。

「ふん。どうせ、俺が女か追い剥ぎに、身ぐるみ剥がされたとでも思ったんだろう」

図星なので何も言い返せない。

本当にひどい格好なのだ。けれど、だらしないはずのその姿は、月の光に濡れてぞくりとするほど色っぽかった。

いつも後ろで一つに結わえている髪は下ろして、黄金の滝のように肩の下まで流れている。シャツから覗く胸は滑らかで厚い。

「俺がどこへ行ってきたか、なんでこんな格好になったか知りたいか？」

オルフェーゼ様は気だるげに髪をかき上げながら言った。

気にはなるが、それは私の関知するところではない。ないはずだ。

「知りたいか？」

再度問われた。どうやら彼のほうが話したいらしい。

何を聞かせたいというのか、この人は。それにさっきより距離を詰められて、目のやり場に困る。

「し、知りたくありま――」

「知りたいだろう？」

「……はい」

私の負けだ。押し切られたのではない、本当はとても知りたかったのだ。

「一体どうなさったのですか？　お怪我はないのですか？」

「怪我はないな。少なくとも体にはな」

「え？　それはどういう……？」

「まぁ、立ち話もなんだ。今夜は月の光が綺麗だし、向こうで話そう」

オルフェーゼ様は私を前庭の真ん中にある噴水の縁に連れていった。涼しげな水音がさらさらと聞こえる。

「こっちに来て座れよ」

「は、はい」

私は人一人分の間を空けて腰を下ろした。

「なんでそんなに離れて座る？」

「え？　これで普通だと思いますが」

「今夜の俺の感覚では、このくらいでちょうどいい」

言い終わらぬ内に、ぴったりと横にくっつかれた。腕と腕、肩と肩が触れ合う。

確かに春とはいえ、シャツ一枚の彼には冷えるだろう。だけど、あいにく貸してあげられるような上着や肩かけは持っていない。

「汗をかいてるな。寒くないか？」

困っていると、オルフェーゼ様のほうが尋ねてきた。

「いいえ、このくらい寒くはないですよ」

「今は寒くなくても、汗が引いたら冷える。いいから来いよ」

そう言いながら彼の腕が体に回った。

——あ、あれ？　何これ。どうしてこんなことになっているの？

舞踏でも、密談でもない。それなのに、こんな薄着で体をくっつけ合うなんてありえない。

オルフェーゼ様の匂いが私を包む。男物の香水と、それよりもっと強い男の人の匂いだ。

ああ、落ち着かない。どうしてこんなに緊張するのだろう。思わず背筋が伸びた。

「相変わらず無駄な肉がない。いつも臨戦態勢というわけか。色気はないが、真面目なのはお前の美点だな。だが俺だって真面目なんだ」

「真面目、ですか？」

月光を受ける横顔を見つめて、私は次の言葉を待った。いよいよ、今夜の謎の行動の真相が明らかになるらしい。

「ああ。実は今日な、ご令嬢方を相手に奮闘するお前を見て、まぁ、俺も少しは襟（えり）を正そうと思ったのさ」

「襟（えり）を正す」

「そう。お前も知ってるだろうが、俺は道楽貴族ということになっているから、まぁそれなりに遊んでいた。かつては遊びの実績を作っていたという意味もあったが、実際結構楽しんでたな」

「そうでしょうとも」

私は力強く頷いた。

「けど、今日を限りに改めようと思って」

「左様でございますか」

「あ、また誤解しているだろう。今夜会ってきたのはローザの父上だ。デュ・エイメー伯爵」

「それはまたどうして？」

意外な言葉に私は驚いた。

「まぁその、エイメー伯爵の心づもりとしては、次女のローザリアをゆくゆくは俺に娶(めと)らせたかったらしい。身分も釣り合うし、実際何度もエスコートさせられた。だが俺にその気はない。だから今日、正式に断ってきたんだ。もう俺には婚約者がいると言って」

「つまり私をだしにローザ様を遠ざけられたと」

「そんな言い方するなよ」

そう、本当に愛していないなら、オルフェーゼ様の行動は正しいと思う。いつまでも期待させるのは気の毒だ。

「でも、この件が終われば、またご自由な身の上にお戻りになられるのでしょうに」

「自由ねぇ……昔はそれこそが求めるものだと思っていたが、十分満喫したからもうそれほど憧れていない。自由とは心の持ちよう、あり方なんだ。そうだろう？」

——いつからそんなに賢者になられたんですか？

そんな憎まれ口を叩く気にはなれなかった。だって、オルフェーゼ様があまりに真摯(しんし)なご様子だったから。

「それでその薄っぺらいご様子はどうしたんです？　まさか怒りくるったローザ様に身ぐるみ剥が

されたわけではないでしょう」

　私は冗談めかして尋ねたがオルフェーゼ様は相変わらず真面目な調子で言った。

「これは……帰る途中で、一人の女に会ったんだ」

「はぁ、ご婦人に？」

　なんだ。結局女の話に戻るのか。そう思っていると、いきなり彼はおかしそうに笑い出した。

「その女は少しお前に似ていてな、痩せっぽちの茶色ずくめで」

「まぁ失礼な」

「俺の服装を見て一晩身を売りにきたのだ。その身の上を知って、なんだか放って置けなくなって」

「で？」

「で、金も服もやれるものすべてやってきたというわけだ！　ははははは！」

「えぇ？　見ず知らずの女の人に何もかも差しあげたんですか？」

「そうとも。あの顔！　びっくりしてたな！　突然馬から降りた男が、服を脱ぎ出して全部受け取れと言うんだから、無理もない！　さすがに剣と馬はやれなかったが。あ、下もな。もらっても困るだろうけどな！　あははははは」

　そのままオルフェーゼ様は笑い続ける。私は呆然と彼を見つめた。

「だってなぁ、その女はそのまま娼館に行っても絶対使ってもらえないくらい痩せてたんだ。それで身を売るよりましな仕事を見つけろと言った。駄目なら仕事を紹介してやるからとも」

「それはまた、随分上から出られましたね」

「よくはなかったか？」

私の冷ややかな声が気に障ったのか、オルフェーゼ様は突然笑いを収めた。

「お前は、俺が高慢だったと思うのか？」

その目はもはや笑ってはいない。こちらをうかがうような色が浮かんでいる。

私はオルフェーゼ様の私生活を非難する立場にないと、わかっている。けれど、なんだか引けない気持ちになって続けた。

「そのご婦人にとってはどうかわかりません。オルフェーゼ様がされたことを感謝したかもしれない。でも、私に似た婦人に哀れみを感じて施しをされたなんて、私のこともそんなふうに見られてる、ということですか？」

「違う！」

叫ぶと言ってもいいほどの大声に、私は座っていた噴水の縁から少し跳び上がった。

初めて聞くオルフェーゼ様の怒鳴り声だ。

「全然違う！　俺はお前に似た女に客を取ってほしくないと思ったんだ。それで衝動的に馬を跳び降りて、服を与えた」

それはどういう意味なんだろう？

「お前、今日俺が何を買っても喜ばなかっただろう？　でも、その女は驚き目を丸くして、それからすごく嬉しそうにしていた。だが、よく見たらその女は、体格と色合いが似ていただけで、お前

郵便はがき

料金受取人払郵便

渋谷局承認

9400

差出有効期間
平成30年10月
14日まで

1508701

039

東京都渋谷区恵比寿4-20-3
恵比寿ガーデンプレイスタワー5F
恵比寿ガーデンプレイス郵便局
私書箱第5057号

株式会社アルファポリス
編集部 行

お名前
ご住所 〒 TEL

※ご記入頂いた個人情報は上記編集部からのお知らせ及びアンケートの集計目的以外には使用いたしません。

アルファポリス　http://www.alphapolis.co.jp

ご愛読誠にありがとうございます。

読者カード

●ご購入作品名

●この本をどこでお知りになりましたか？

年齢　　歳　　　　性別　　男・女

ご職業　1.学生(大・高・中・小・その他)　2.会社員　3.公務員
4.教員　5.会社経営　6.自営業　7.主婦　8.その他(　　　)

●ご意見、ご感想などありましたら、是非お聞かせ下さい。

●ご感想を広告等、書籍のPRに使わせていただいてもよろしいですか？
※ご使用させて頂く場合は、文章を省略・編集させて頂くことがございます。
(実名で可・匿名で可・不可)

●ご協力ありがとうございました。今後の参考にさせていただきます。

と全然似ていなかった……それでも俺はなんだか気分がよかったんだ。女が心から喜んでいるのを見たのは久しぶりだったから」

「そうだったのですか……申し訳ありません」

「なんで謝る？　お前は悪くないだろう？」

「オルフェーゼ様が今日いろいろ買ってくださったのは、私が婚約者を演じているからで、単に義務だと思ったのです……だから私のものだと言われても嬉しいと素直に感じなかった」

「そうだったな。無理もないが」

「だけど、今のお言葉を伺ってちょっと気持ちが変わりました。本当に私のために買ってくださったのだと思っていいんでしょうか？」

「そう言ったじゃないか。俺なりに選んだものだ」

「でも、私は自分でもどうすればいいのか、よくわからなくなっています」

それは今の私の正直な心情だった。

オルフェーゼ様が言うように、この婚約は仕事で、私はエスピオンという道具だ。それは十分わかっている。

けれど、今の彼の言葉では、オルフェーゼ様は私を単なる道具より一歩踏み込んで見ているみたいだ。それとも今日の買い物は、報酬の一部だと考えているのだろうか？

「オルフェーゼ様は私が品物を喜べば、気分がよかったのでしょうか？　私はあまり出すぎた振る舞いをしないよう気をつけていたのですけど。ディッキンソン伯爵の婚約者というだけで、周りの貴族や商人達からちやほやされていますし……」

「……確かにな」

「でも、私はエスピオン。エスピオンのヨルギアでしょう？　身の程を忘れるつもりはありません……だから、豪華な贈り物や、こんなふうな過剰な接触は戸惑ってしまいます」

私は体に回された腕に手をかけて、そっと解いた。オルフェーゼ様はすんなり放してくれる。

ほっとしたけれど、途端に夜の空気を冷たく感じた。

「……それはそうだが、俺だってお前に対する意識がその……少しばかり変わったと感じているんだ。なんていうか……」

自信家の貴公子が口籠っている。私は重ねて尋ねた。

「変わった？　どんなふうにですか？」

「だからな、その……」

「なんですか？　いつも通りはっきりおっしゃってくださいよ」

私はさっきまでの微妙な気持ちを吹っ切るように言った。

だんだん私にもわかってきていた。オルフェーゼ様は、単なる道具としてではなく、私を一人の人間として認めてくれていることを。

もちろん、私達は使役する者とされる者で、立場が違う。けれど、私に対する彼の目は、出会った頃のような冷たいものではなくなっていた。あやふやかもしれないが私達の間には信頼が芽生え始めている。

そして私は、彼の変化を嬉しいと感じてしまっていた。

彼を認めたい。そして認められたい。

へんてこな関係の私達。でも、もっともっと知りたい、彼のことを。もっと知ってほしい、私のことを。

「オル……」

「リースル、お前は誰にも似ておらん。確かに体も、顔も、髪も、一つ一つを見れば、どこにでもいる平凡な娘なのだが、全部重なり合って混じり合って、お前という不思議な女になっている。だから、気になってきた……気を悪くしたのなら謝る」

言いながらオルフェーゼ様は、触れるか触れないかの間を空けて私の全身を一つ一つ指していく。さっきは遠慮なく触れていたくせに。

そういえば夜会の帰り、指で唇に触れられた。それを許してしまった自分の気持ちがわからない。

「オルフェーゼ様……もういいですから」

「俺が自分を戒(いまし)めようという気になったんだ……」

月光を宿した瞳に見つめられることに耐えきれず、私は彼の言葉を遮(さえぎ)った。オルフェーゼ様は、はっとしたように指先を引っ込める。

「いや、その……なんだ。要するにこれからもよろしく頼む、ということだ。俺が言いたかったのはそれだけだ！」

そう言うとオルフェーゼ様は思いっきり私の頭をぐるぐるとかき回し、勢いよく立ち上がった。

なんなんだこれは。でも――

やっぱり彼は素敵な人だ。心の奥底に繊細な感情を押し隠している。

月の光を受けた彼の髪が、噴水の水を透かしてさらさらと輝いた。

「私、もう少し綺麗だったらよかったのになぁ」

思わず本音がぽろりと零れる。それを聞き咎めたオルフェーゼ様の片眉がぐいと上がった。

「何をつまらぬことを。お前はそれでいいんだ。俺より目立つと困るからな」

「あ、ひどい」

でもその通りだ。私はエスピオンなのだから。

ただ、オルフェーゼ様にとっては道具じゃないみたいだ。それがとても嬉しい。

「さぁ、戻るぞ。さすがに冷えてきた」

「はい」

私は母屋に向かう背中を追いかける。今夜はもう一度壁をよじ登らなくてもすみそうだ。

「……さっきはすみませんでした」

私は横に並ぶと、小声で言った。

「何が？」

「オルフェーゼ様が女の人に服をお与えになったことを、悪く言ったりして。その方は心から喜んでいると思います」

「だといいな」

「売ったお金で絶対助かりますよ。生活が立ち直れば、どこかから仕事を斡旋してもらえるかもしれないし」

「かもな。でも。人のことより、自分のことを考えろよ。俺は明日から、お前にまた無理難題を頼むんだからな」

「お任せを！」

私は胸を張って応えた。不意にオルフェーゼ様が、正面扉を開けて脇に体を寄せる。

――えっと、これって、どうすればいいのかな？

「さぁ入られよ、我が婚約者殿。鍛錬もいいが、夜風に当たりすぎた。風邪をひかれると私が困る。貸してやる上着ももうない」

「は、はい。ありがとうございます」

私はしとやかに礼をして、開けられた扉をくぐる。

「夜も遅い。部屋まで送って差しあげよう」

「……ではお願いいたしますわ」

私は貴婦人にするように差し出されたその腕に、生まれながらの淑女みたいに手を置いたのだった。

4　小姓に扮したエスピオンの娘

「リースル、用意はいいか？」

「はい、旦那様！」

「では参るぞ」

今日は、オルフェーゼ様を「旦那様」と呼ぶことになっている。

なぜなら今、私は小姓、つまり少年なのだ。

この格好でデ・シャロンジュの家に行く。これなら短めの髪も気にならない。服装も、象牙色の胴着に揃いの上着、穿いているトラウザーズは膝丈という、大変動きやすいものだ。

私はこちらの服のほうが断然好きだ。

「うむ、どこからどう見ても立派な小姓だ」

オルフェーゼ様は多分、褒めているのだろう。

「大変よい。その貧弱な体型が功を奏しているぞ。うむ、絶対にばれない」

「……ありがとうございま、す？」

「なんで疑問系なんだ？」

やっぱり貶されている気がしてきた。

「リースル？」

「あ、いえ。旦那様もいつにも増して素敵ですよね」

今日の彼の服は、濃い色の生地に細かい地模様の入った華麗なものだ。上品で派手すぎない。

デ・シャロンジュ公爵の懇親会で、絶対に目立つ。

そして私はオルフェーゼ様が目立っている間に、小姓として屋敷内を動き回るつもりだ。

この数日、毎晩念入りに打ち合わせをしたが、いよいよという思いに駆られる。

私達は勢い込んで馬車に乗った。


「いやぁよく来てくれた、ディッキンソン伯爵。今日は婚約者殿はどうされたかな？」

贅を尽くした広間で、デ・シャロンジュ公爵が晴れやかに私達を出迎えた。

「お招きありがとうございます。残念ながらリースルは頭痛がすると言うので今日は休ませております。本人は伺いたいと言っておったのですが」

私はその会話を聞きながら、恭しく後ろに控えている。

「そうなのか。そう言えば婚約者殿はあまりご丈夫ではないと申されてたな。残念だが仕方がない。しかし、貴公の出席を喜ぶご婦人方は多いと思うぞ」

公爵は少々品のない笑みを浮かべて言った。

この屋敷は王都の中心部にあるためそれほど大きくはないが、オルフェーゼ様の屋敷よりも凝った造りになっている。そして、真新しい。おそらくここ数年間で、手を入れたに違いがなかった。

つまり、急激に羽振りがよくなったというわけだ。

「おや、もう皆様お揃いでしたか。遅くなり申し訳ありません」

オルフェーゼ様は最上級の微笑みで、客間に揃った面々に挨拶した。

今日は、王宮に出入りする主な御用商人達との昼食を兼ねた親睦会という名目の集まりだ。貴族はそれほど見当たらないが、夜会で見かけたあの外国の商人がいた。彼は外国人とわからないようにしているのか、この国の流行の服を纏い、あまりしゃべっていない。

婦人達の多くは商人の妻子だ。お嬢さん達は初めて見る有名な貴公子、ディッキンソン伯爵を見て目を丸くし、うっとりと見つめた。無理もない。

オルフェーゼ様は手慣れた様子で彼女達の手を取り、一人一人に声をかけていく。

「なんて素敵な髪飾りだ、綺麗な瞳とお揃いの色なんですね」

「このドレスは東部産の絹ですね。滑らかな光沢があなたの素晴らしい肌の色を引き立てています」

さりげなく相手の身につけているものを褒めて、見る目が高いことを匂わせるのだ。そのついでにお嬢さんとその親達を籠絡していた。

こんな真似がどこの誰にできるだろう。まさに金色の貴公子だ。

デ・シャロンジュ公爵は舌なめずりしながらその様子を見ていた。オルフェーゼ様を自分の陣営に入れた時の利益を想像しているのに違いない。

「おお！　これは珍しい。南洋の海で採れた真珠の指輪ですね。しかし、この指先はそれに勝るとも劣らない美しさだ。どうぞ口づけをお許しください」

指先にキスされた可愛らしいお嬢さんは、真っ赤になって、オルフェーゼ様の微笑を見上げた。こっそり父親らしい紳士にオルフェーゼ様の隣の席を確保するように強請っている。

――なんか腹立つ。

私は、この茶番劇を壁際から見つめていた。ここからなら部屋全体がよく観察できる。

そして、オルフェーゼ様の用を言いつかる振りをしながら、壁際ではわからない場所をあちこち確認する。ものを取りに行ったり、使用人に手土産を渡したりして、公爵家の中の様子を頭に叩き込んだ。

昼食会は無事に進み、一同は女性と男性に分かれて別々の談話室に移動した。私は女性の部屋と男性の部屋を行き来しながら、様々な人の顔とその関係を頭に入れる。

それで判明したのは、デ・シャロンジュ公爵は力こそあるものの、人望はさほどでもないということだった。

ここに来た人の幾人かは、彼に同調する振りをしながらも、内心は公爵のやり方を苦々しく思っている。それが、部屋の隅でされる内緒話の端々から、ひしひしと伝わってきた。

しかし、デ・シャロンジュ公爵にべったり付き従っている数人の大商人は、利権を得ようと必死の様相だ。陰に潜んでいる私に気づかず、宝石や金品をこっそり渡している現場をしっかり見た。

商人の名前と渡した品々を頭に刻む。

品物は公爵の手に渡ると、素早く彼の腹心の従者が受け取った。従者はそれらを内ポケットに隠していく。その度に彼の上着の中に吊り下げられた鍵の束が見え隠れした。やはり、重要なものはこの男が管理しているのだ。

もちろんデ・シャロンジュ公爵は、表向きの会話を忘れているわけではなかった。

「織物組合さんは、この新開発の布地の生産地を教えていただけるだろうか？」

「ああ、それなら、この方が考案開発されたのですよ」

織物組合の大物が真面目そうな商人を公爵に紹介する。

「初めてご挨拶いたします、公爵様。よろしければ私どもが作ったこの肩かけを奥様とお嬢様に」

差し出されたのは美しい光沢のある柔らかそうな布地だ。それを見ていた外国の商人が、いそいそと公爵に近づいた。

「おお、これは素晴らしい！　これならご婦人の屋外での活動にもってこいだ。あなたがこの布の開発者なんですな。ぜひうちの店でも扱いたい。近々工場を視察に行ってもいいですか？」

何気ないふうを装(よそお)っているが、おそらく探(さぐ)りを入れているのだろう。

「ああ、公爵様のお知り合いなら歓迎します。植物性なのに、この光沢は素晴らしいでしょう？これからもいい品を広く皆様に使っていただきたいと思っているのです」

「それはよい。ぜひ製造過程などを見学させてもらってはいかがかな」

公爵は外国人に目配せしながら頷いた。

「しかし、新技術はあまり人目に晒(さら)さないほうがいいのでは？」

そう言ったのはオルフェーゼ様だ。彼は人のよさそうな商人に寄り添う。

「いやいや、ディッキンソン。いいものはどんどん世に知らしめないと。それに、製造技術をすべて教えろと言っているわけではない」

「ほんの少し見せただけでも技術が漏洩しないとは限りません。長年の努力で開発された技術は国の財産でもあります。定められた期間は、開発者の利益の保障を王家がしているでしょう。もちろん公爵閣下はご承知でしょうが」

彼はさりげなく公爵を牽制した。そして、公爵の狙いをよくわかっていない商人をこっそり隅に連れていって、何やら耳打ちする。大方、用心するように助言しているのだろう。

こちらはオルフェーゼ様に任せておけば大丈夫だ。私は屋敷の裏のほうを見に行こう。

何度も部屋と廊下を出入りして邸内の様子を探る。最後に奥の廊下を歩いていた時、突然肩を掴まれた。ぎょっとして振り向くと、デ・シャロンジュ公爵がいやらしい笑みを浮かべて立っている。

——さっきまで談話室にいたはずなのに！

「あ、あの！」

「お前は確かディッキンソン伯爵の小姓だったな」

——しまった！　あれこれ動き回っているのを見咎められた？

「は、はい。左様でございます。広いお屋敷でつい迷ってしまいまして」

私がもっともらしい言い訳を必死で考えていると、公爵はいきなり腕を伸ばして抱き寄せ、私の胸を弄りだした。

晒を巻いているのに、もしかして女だとバレた？

「体が薄くて、感度もよさそうだな。いい体つきだ。お前、うちで雇ってやろうか？　給金は弾むぞ」

「え？　で、でも私は伯爵に雇われていて……」

「ディッキンソンなら私に逆らわないさ。奴だってこのまま閑職で埋もれたくはないはずだからな。まぁ急に鞍替えは無理でも、今夜一晩くらいはお前を貸し出すに違いない。それからもらい受けてやろう。ふむ、小さくていい尻をしている。可愛がってやろうほどに」

ひいいいいい！

私は声にならない悲鳴を上げた。

――おっさんの手が、手が、私の尻を撫でくりまわしている！

逃れようとした手首を掴まれ、酒臭い唇が私の顔面を強襲した。そのままベロベロと舐めまわされる。

「肌理の整ったいい肌だ。まだ髭も生えてないのだな」

――は？　髭？

ちょっと待て。つまりこのおっさんは、私を少年だと思った上でこんなことをしているのか？　妻子もいるのに、こういう趣味もあるとは！

「うむ、いい具合だ。口を開けてみろ」

「ひ！」

思わず声が漏れる。気持ち悪い！

「抗う様もなかなかよいではないか」

「んんん〜〜〜！」

唇にぬるくて分厚いものが押し付けられた。

——こんなもの口づけとは認めたくない！　サリュート殿下のほうがはるかにましだ！

必死で顔を振って逃れると、厚ぼったい唇が一旦離れる。私は心底ほっとした。

ああ、気味が悪い。吐きそう。

「そんなに怖がらなくてもよい。奴には許しておるのだろう？」

——このおっさん、オルフェーゼ様も同族呼ばわりか！　どうにも一方的だな！

それにしても力が強くて、手首が振りほどけない。

私は力がないので、こんなふうに掴まれてしまうと大変弱いのだ。

もしこのまま下腹も触られてしまうと、女であることがばれてしまう。私は非常に焦った。

「お、お許しを……公爵さ……」

「お前は何をしておるのだ！」

突如響いた怒気を含んだ美声に、私の首筋を舐め回している公爵が顔を上げた。オルフェーゼ様だ。

「貴様、公爵様に無礼を働いたな！　この不届き者め！」

——え？　いやどう見ても、無礼を働かれているのは私でしょう！

そうは言えない私は、黙って俯いた。わかっている。これはオルフェーゼ様の演技だ。

「申し訳ございません公爵様！　こいつが何か無礼を働いたのでしょうか？　罰をお与えになっていたのですね」

「へ？　あ……ああ！　全くその通りだ！　こやつが私の足を踏みおってな。だから懲らしめておった！」

「やはり。こいつは足もとの注意を怠ることがよくありましてな、いつもふらふらしておるのです。おい貴様、もう馬車に戻っていろ！　公爵様には私からよくお詫びを申し上げておく。わかってるだろうが今日限り首だ！　我が家の恥になるから表を通るなよ、裏口から出て失せろ！」

「はいっ！」

私はそれ以上何も言わずに、裏口へ続くと見当をつけた廊下を急いで駆けた。どうやって屋敷の裏へ行こうかと思っていたから、これはもっけの幸いだ。さすがはオルフェーゼ様！

屋敷の奥はどこの貴族の邸宅も似たような造りで、厨房や洗濯室、召使の休憩所などがある。途中、驚いた顔の召使達数人とすれ違ったが、構うことなくどんどん進んだ。なんたって御主人様のお墨付きである。

たどりついた裏口の横には、事務室のような扉があった。もしかしたら腹心の従者の仕事部屋かもと扉に手をかけるが、鍵がかかっていた。残念！

仕方がないので私は開いたままの裏の扉から庭に出る。

「はぁ～」

外は気持ちがよかった。さっき公爵にされたことを思い出し、ちょうど近くにあった水盤で手と顔を洗う。全くひどい目にあった。

人心地がついたところで裏庭をざっと見渡す。ここはそんなに広い空間ではなく、花壇も何もない場所だった。あるのは井戸とごみ置場。樹木は植わっているが、壁との距離があるため、跳び移るのは不可能だ。

人影がないのをいいことに、私は屋敷の角を曲がる。そこには平屋建ての建物があった。さらに奥にあるのは、どうやら犬小屋のようだ。夜間は犬が放たれるのだろう。これは気をつけないといけない。侵入するにせよ逃走するにせよ、人間より嗅覚が鋭い彼らはごまかせない。

「薬がいるな」

私は立ち止まって考え込む。ちょうどその時、建物から男が出てきた。こちらに背を向け、犬小屋に向かっていく。身なりからしてここの召使ではない。

どうやら外部から雇った用心棒のようだ。他に何人くらいいるのか。人数によっては面倒だ。

私はもう一度裏口から屋内に入り、あまり仕事に慣れてなさそうな若い召使を捕まえた。

「すみません。裏口から馬車に戻るように旦那様に言われたんですが、裏庭で大きなおじさんに会ってしまって、お腹が空いたから何か持ってきてほしいって頼まれたんですけど」

「ええ、またぁ。こんな時間に仕事を作るんだから。ただでさえ今日はお客様がいっぱいで、てんてこ舞いだってのにさぁ」

彼女は愚痴を零しながら厨房(ちゅうぼう)へ行こうとする。

「あ、じゃあ、お盆を渡してくだされば僕が持っていきますよ」

「あらそぉ？　すまないわね。じゃあ頼むわ。ちょっと待ってて」

召使はあからさまに嬉しそうな顔で厨房に入り、すぐに出てきた。手に持った大きなお盆には焼き菓子が山と盛られている。この分量だと四、五人はいるのだろう。

犬と複数の用心棒か。これは厄介だなぁ。

再び裏庭に出ると、さっきの男がうろついていたので、菓子を差し出した。

「あのこれ……厨房から。差し入れだそうです」

「おっ！　ちょうど小腹が空いていたんだ。気が利くじゃねぇか。他の奴らは寝ているから俺だけ先にいただいちまおう」

男は素手で菓子を掴んで頬張った。

「よかったら僕、持っていきましょうか？　何人くらい寝ておられるのですか？」

「ああ？」

男はちらりと屋敷と平行に建つ平屋の棟に目をやり、私からお盆を取り上げる。

「俺が持っていくよ。四人分にしちゃ、ちと足りねぇけどな」

――合計五人か！

私は素直にお盆を差し出して裏門を通って外に出た。辺りはすっかり黄昏れている。

ぬるい風が頬を撫でた。

馬車で待っていると、ほどなくしてオルフェーゼ様が戻ってきた。彼が乗り込むと同時に、馬車は静かに走り出した。

「待ったか？」

「いえそれほどは。裏庭には雇われた用心棒らしき男が五人と、犬がいます。犬は厄介です。きっと夜に放し飼いにされるのかと」

「そうか」

私が一生懸命探り出した情報に、オルフェーゼ様はあまり関心を示さない。頑張ったのに拍子抜けだ。

彼はなぜだか非常に物騒な顔つきをしていた。美しい人が怒ると非常に怖いので、私は黙ることにする。

「あの節操なしの爺ぃが」

オルフェーゼ様はそうつぶやくと、私に向かって手を伸ばす。私は思わず、背もたれに体重をあずけて逃れた。

「おい、見せてみろ。気色の悪いことをされていただろう？」

彼が怒っているのは、さっきのあれのせいみたいだ。おっさんと小姓の抱擁は、オルフェーゼ様の目に不快に映ったのだろう。

長い指が私の口もとに触れる。ふと、以前にもそうやって触れられたことを思い出した。あの時よりも、ずっと繊細に唇がなぞられる。

なんだかむずむずして据わりが悪い。

「ちゃんと洗ったか？」

「洗いました！　洗いましたとも！　すごく気持ち悪かったです。あの方、趣味まで悪いんですか？　本当に貴族ですか？」

「まったくだ。貴族の風上にも置けん輩だ！」

そう言ってオルフェーゼ様はずいと顔を寄せ、商品を検品する検査官のように厳しい目で私を眺め回した。

「おい、腕に痕が残っているぞ」

見るとうっすら公爵の指の痕がついている。さっき掴まれた時のものだろう。

あの馬鹿力のくそ親父め！

「大丈夫です。明日にはすっかり治りますよ」

私は内心の腹立ちを抑えて嘯いた。だがオルフェーゼ様の視線が外れない。

翠と金の色の中に夕陽が映り込んだ瞳は怒りに燃えていた。

「あの野郎、お前を首にするんだったら、うちで躾け直してやろうとか言い出した。領地に送り返すとすぐに断ったがな。どんな躾をされるか、わかったもんじゃない！　お前、家に帰ったら即、風呂に入れよ。なんなら俺が洗ってやる」

「な、な、何おっしゃるんですか！　結構です！　自分で洗います。それにその前に一仕事あるでしょう？　気を取り直して始めましょうよ！」

私は彼の剣幕に、ぶんぶんと首を横に振る。そして今日、まだやるべきことがあることを指摘した。

オルフェーゼ様はしばらく私を睨みつけていたが、残りの仕事を思い出したのだろう。渋々服を脱ぎ出した。

揺れる馬車の中だというのによろけもしない。しかもどういうつもりだか、色気たっぷりに脱いでいる。

「なんでそんなに見せつけるように脱ぐんですか？」

「普通に脱いでるぞ」

オルフェーゼ様はしれっと言うが、絶対わざとだ。この間の夜もこうやって見知らぬ婦人の前で脱いだのだろうか？　そう思うとなんだか腹が立ってきた。

聞き心地のよい衣擦れが、嫌でも耳に入る。

「そ、それが普通ですか？　そんなのご婦人の前だけでやってくださいよ」

「お前だって女だろうが」

綺麗な筋肉のついた上半身を晒しながら、オルフェーゼ様はにやりと笑った。そして腰の留め具に手をかける。静かな音を立てて金具が外れた。

「私は仕事相手だって、おっしゃったでしょう？　とりあえず下向いてますから、その間にさっさとやっちゃってくださいね！」

「はいはい」

そう言いながらも、急ぐ気配はない。絶対ゆっくり脱いでいる。

「脱いだぞ」

「脱いだら着てください！」

「見ないか？」

「見ません」

「少しだけでも」

「見ません！」

自分のつま先に固く視線を据えたまま、言い返す。エスピオンは仕事中、感情を表に出さないのが鉄則だ。それなのに今の私は耳まで赤くなっているに違いない。

「済んたぞ」

「は」

反射的に顔を上げる。そこには下穿き一枚のオルフェーゼ様がいた。

「ひゃあ!?」

バッチリ見てしまった。

胸、腹、首、腕、腿。神話の男神を模した彫刻のように美しい。

――ひょっとして役得!?　いや、断じて違う。

私は音が鳴るほど首を振った。見られたほうが平気で、見た私が羞恥に悶えるのはすごく納得がいかないが、膝の上で拳を握りしめて耐える。

「何やってるんですか!?　風邪ひきますから早く服着てくださいよ！」

「わかった、わかった。そら、それをよこせ」

にゅっと顔の前に掌(てのひら)が差し出された。私の隣に置いてある変装用の衣装を取れと言っているのだ。

自分でやればいいのに。

「どうぞっ！」

私は腕をいっぱいに伸ばして、服を渡した。それを受け取ったオルフェーゼ様は、あっという間に貴公子から汚れた服の若い職人になった。まるで手品のようだ。

豪華な金髪は後ろで束ねて、革の帽子を被っていた。どこから見ても気っぷのいい下町の職人だ。

これでは本職の私の面目(めんぼく)が丸潰れではないか？

「そろそろこの辺りでいいか。馬車を停(と)めろ」

王都の通りを適当に流していた馬車は、公爵の館にほど近い並木道で停(と)まった。辺りに人がいないことを確認して、私達は馬車を降りる。

これから本日二回目の公爵宅訪問だ。

ただし、今度は招かれざる客として。そう、忍び込むのだ。

すでに曇った夜空が低く広がっている。月も星もない、侵入にはもってこいの夜だった。

「それにしてもあのくそ親父、男色の気(け)もあったとは、さすがの俺も想定外だった」

足早に歩きながらオルフェーゼ様は文句を垂れていた。それを聞く私は、地面を歩いていない。

私は小姓(こしょう)のお仕着せを脱ぎ、探索用のぴったりとした黒服に着替えて、街路樹の上を跳び移っていた。

「お前の体の様子なんかも聞いてくるんだぞ。俺にその気はないというのにな！　お前を実家の領地で生涯無給で働かせるつもりだと言ってやったら、奴め、ちょっと引いておった」

くすくすと彼は笑った。傍目には酔っ払いの独り言に見えるだろう。

それにしても黙って聞いていれば、ひどいことを言われている。

私は死ぬまでなんて働きたくない。この仕事が終わったら、働きに見合った報酬をもらって、家族のもとに帰るのだ。その時「よくやった」くらい言ってくれればなおいいと思う。

揺らさないように枝を蹴って、私は次の樹に跳び移った。

「——それでな。談話室に戻ると、居並ぶ商人達の前で、俺のことをなかなかのやり手だと抜かしおってな」

「……はぁ」

「様々な方面に顔が広い人材だと、商工組合を束ねる理事に仕立て上げられた」

「よろしくない目的があるのでしょうね」

私は樹の上から彼にだけ聞こえる声で応じる。

「そう。俺に特定の商会の品を身につけて、宣伝しろということだな。奴の目のつけどころは間違ってない」

その通りだ。デ・シャロンジュ公爵が後ろにいようといまいと、オルフェーゼ様の服装や言動を真似したがる人はたくさんいるに違いない。彼に薦められた品を買うご婦人も。

私はなんだか重くなっていく気持ちを振りきるために、大きな楡の木に跳び移った。

「あ」

あるものを見つけ、足を止める。

「なんだ？」

オルフェーゼ様も立ち止まってこちらを見上げた。

「この木になんだかよさげな洞がありますす」

それは歩く人の目線から少し上にある、かなり深い洞だった。鳥が巣にしていた形跡はあるが、今は使っていないようだ。手を入れてみると私の肘まですっぽり入り、何かを隠すにはちょうどいい。

「洞？よくわかったな」

「所々に街灯がありますからね。あのぅ……もし、もしもですよ？私がオルフェーゼ様と会えないような状況に陥った時、何か伝言したいことがあればここに投げ文ができるなと思って」

「……お前」

「あ、やっぱりありえないですよね。はは、職業柄つい万が一のことを考えちゃうんです。すみません、もう黙ります」

ふわ、と枝を離れ、私はオルフェーゼ様の前に下り立った。彼は美しい顔を奇妙に歪ませ、私を見下ろしている。

「ああ。そんなことありえない、絶対に。奴はもう終わりだ。だからお前の役目も……すぐ……終わる……」

「ですね。あ、見えてきました。この角を曲がれば裏口です。どうやら犬はまだ放たれていないようですよ。きっと今、集まっていた商人達との密談が行われているのでしょう。あとは打ち合わせ通りに！」

私は早口でまくし立てると、裏口の扉を堂々とノックするオルフェーゼ様の横に潜んだ。彼は研ぎ職人という設定にしている。

「すみません、すみません。研ぎ屋です」

「何よ、今この屋敷は忙しいのよ！　帰ってちょうだい！」

出てきたのはさっきの召使だ。

「わかっておりますが、今晩の夕食代に、どうしても刃物を研がせてください。ほんの一瞬ですごく切れ味がよくなりますよ」

そう言って、職人姿のオルフェーゼ様は帽子を脱いだ。薄暗い裏口の灯りにさえ、その髪は眩しい。

――出たよ。誑しの技。

案の定、召使はぽかぁんとオルフェーゼ様に見蕩れている。

「……あ？　ああ、そうなの？　確か料理人が二、三本切れ味の悪い包丁があるって言ってたから持ってきてあげようか？」

「ありがとうございます。仕事はここでやるので、すみませんが椅子を貸してもらえますか？　道具は持ってきてるんで。包丁なら五分で新品同様の切れ味にします」

「わかったわ。今持ってきてあげる、ここで待ってて」

オルフェーゼ様が背中越しに合図を出してくれた。彼女がいなくなった隙に私は邸内に入る。裏手にあった階段から二階に上がった。予想通り、前庭に面した部屋の中では密談が行われているらしく、廊下には誰もいない。

私は誰も使っていない部屋へ慎重に入ると、露台に出た。室内灯がついている部屋は少ないので目的の場所は一目瞭然だ。壁伝いに移動すると、すぐに賑やかな声が漏れてきた。

大きな窓の端には重そうな布が寄せてあって、身を隠すのにちょうどいい。硝子窓に紙で作った筒をつけると、話し声がより一層明瞭になった。

「今日の美しい青年貴族は利用価値がありそうですな」

「ええ。なんたって女誑しで有名な、ディッキンソン伯爵ですから！　今日も女達の視線を独り占めだったな、恥ずかしながら我が妻子も」

「その上、枢密委員ですぞ。家柄もいいし金もある。広告塔にはぴったりだ」

皆口々に好き放題言っていた。昼間より人数がかなり減っている。ここにいるのはデ・シャロンジュ公爵の一味だけのようだ。

「それはそうと、この件について便宜を図った見返りは――」

「――ではここに署名を」

次々に書面が交わされていた。それが決定的な証拠となるとも知らずに。

私は声を出さずに笑った。

そして、それらの書紙は大きな黒い箱に入れられ、箱には鍵が厳重にかけられた。鍵はあの公爵の従者が首にかけている。

しばらく様子を見ていると、従者は両手で箱を持って部屋を出ていった。大の男が両手で抱えるということは、相当重いのだ。箱ごと持ち去ることはできないだろう。鍵を開けて重要な書類だけを盗み出すしかない。

廊下に回り身を隠していると、従者は中央の階段から三階に上がっていった。後をつけた私は、途中で息を潜める。

三階には複数の人の気配がした。どうやら公爵の家族と召使達のようだ。三階には家族の私的な部屋が並んでいるらしい。そして彼らはまだ休んでいない。これ以上は危険だ。

だが、その時、近くの部屋の中から声が聞こえてきた。

「ライリー、下の会合はもうお終いなの？　旦那様は？」

「いえ、奥様。しかし間もなくお開きになるかと思われます。旦那様はもう少しお仕事をされるかと。私は書斎に御用を仰せつかったので参りました」

ライリーというのはあの従者の名らしい。

「あらそうなの？　旦那様にも早く休むように言ってくださる？」

「かしこまりました。ではこれを置いたら、そのようにお伝えします」

「お願いね」

ついている。彼がこれから行く場所が、箱を置く部屋なのだ。危険だが粘る価値はある。

私は階段に身を潜めて従者を追った。彼は廊下を右に進み、正面の部屋に入った。会合をしている場所のほぼ真上だ。

重要書類はその部屋に置かれるに違いない。三階の部屋にも露台が設けられているので、忍び込むのはなんとかなりそうだ。しかし、今夜はもう無理だと判断した私は、そっと階段を下りた。

ここまでわかれば大収穫だ。これ以上の危険を冒すことはない。

下ではオルフェーゼ様が待ち構えていた。なんと野菜で巻いた肉を齧っている。どうやらあの召使にもらったようだ。にやりと目配せする彼に、私はぶすっとした顔で頷いた。

「帰るぞ」

「はい」

私達は裏からそっと屋敷を出た。もうじき犬が放たれる。長居は禁物だ。

「やれやれ面倒だった。ついさっきまで、あの召使にしつこく絡まれていたのだ」

私達は先ほどまでの報告を互いにし合いながら並んで歩く。馬車はもう少し先で待っているはずだ。

「ふぅ〜ん、それで絡まれついでにちゃっかり晩ご飯までいただいたんですか？　こっちはひやひやしながら三階に忍び込んで、重要な書類のある公爵の書斎を突き止めたというのに」

「そう怒るなよ。仕方がないではないか。俺は俺の仕事をしただけだ」

「怒っていません。……で、証拠の書類を手に入れるには鍵が二つ必要です。書斎と、書類が入った黒い箱の鍵と。両方ともあの従者が常に携行しているようです。書斎は普通の鍵かもしれませんが、箱のほうは特殊なものである可能性があります。いずれにせよ合鍵が必要かと」

「でかした！　リースル、それはかなりの収穫だな。俺のほうも成果があったぞ。さっき軽食をくれた彼女と付き合うことになったのだ」

オルフェーゼ様は得意そうに胸を張った。

「へぇえ～、それはよかったですねぇ」

私は、大げさに相槌を打つ。

「なんだその顔は。これで彼女を誑し込んで、あの従者から鍵を借りてこられるのではないか？」

「そんなの信用できますかね？　私が忍び込むほうが確実じゃないですか？」

「今、特殊な鍵かもしれないと言ったじゃないか。それならば、既存の道具では開けられないかもしれないからな、本物の鍵から型をとったほうが成功率が高い」

「うまくいくといいですけどね」

私はオルフェーゼ様の横顔に皮肉を込めて言った。

「まぁ見てろ。使えるものは使うというのが俺の主義だ」

「確かにそうですよねー、でも私だって召使の彼女以上にお役に立ってみせるので、しっかり使ってくださいよ。少々の危険は承知の上ですし、これでもエスピオンですから、いざとなったらいろいろ手があるんです」

私の言葉に、オルフェーゼ様はなぜか黙り込んだ。

「あの……どうしたんですか？」

急に足を止めた彼を、私は振り返った。偶然、さっきの洞（うろ）のある樹の下だ。

「オルフェーゼ様？」

「……お前は予想以上によくやってくれている」

奇妙な顔で私を見ながら彼は言った。

「え？　ああ、ありがとうございます？　光栄です」

「そんなわざとらしい言い方はやめろと言っているんだ。俺は本当にそう思っている」

「口のきき方が悪くてすみませんね」

私は憎まれ口を返したが、実のところそれは照れ隠しだ。オルフェーゼ様はちゃんと今夜の私の働きを認めてくれた。小さな信頼が積み重なるのが、とても嬉しい。

――信頼。それが私達の間にあるものの名前なのだろう。

「リースル、何を考えている？」

「別に何も……あ、オルフェーゼ様、あれは」

先を見ると、御者（ぎょしゃ）が私達を見つけたのか、馬車が向こうからやってきていた。でもなんだか変だ。

御者（ぎょしゃ）の様子がさっきと違う。

「……閣下！　下がって」

私は素早くオルフェーゼ様の前に出ると、足に装着していた短剣を引き抜き、逆手（さかて）に構えた。

「リースル……違うぞ。どうやらあれは……」

オルフェーゼ様は盾になっている私をひょいと押しのける。いつも通りの雑な扱いだ。

「あれは？」

その時、私にもわかった。御者が私達のよく知っている人物と入れ替わっている！

馬車が速度を落とし、道の脇で止まった。

「なんでまたあなたが来たんですか？」

オルフェーゼ様はものすごく嫌そうに御者を見上げた。

「だって、君達を早く休ませてあげようと思ってさ。あと好奇心」

御者台の上では、サリュート殿下が快活に笑っていた。

「オルフェーゼ、お前そんな格好も似合うねぇ。でもそれなんの変装？　あ、もしかして職人？」

「まあそうです。しかし、殿下に言われたくないですな。それに、あなたはその扮装がちっとも似合ってないですね」

「だよねぇ。私の高貴さってなかなか隠せなくてさ」

オルフェーゼ様がサリュート殿下と軽口をたたき合っているところに、取って代わられた本物の御者が馬車の中から青い顔で出てきた。気の毒に、なんと言いくるめられたのだろうか。

急いで彼は御者台に戻り、サリュート殿下と私達は馬車の中に入った。

そして、馬車は屋敷までの道のりを快調に進む。私とオルフェーゼ様は並んで座り、向かいに御者の格好をしたサリュート殿下が腰かけていた。

オルフェーゼ様は非常に機嫌が悪そうである。王子といるせいだ。狭い馬車の中は大変いたたまれない空気に包まれていた。

「――で？　首尾は？　報告してよ」

――この人、さっき早く休ませてあげようとか言ってなかった？

私は、空気の読めない王子を疲れた目で見た。

「えっと、公爵家の会合では――」

口を開きかけた私の言葉をオルフェーゼ様が遮る。

「まったく、報告くらい明日でもいいでしょうに！　俺達は今日一日、大変だったんですからね」

「お前ではなく、リースルが、だろう？」

「わかっているのになんで来たんです？」

「まぁね、これでも一応私だって心配したんだよ。ねぇリースル？」

オルフェーゼ様の苛立ちを意に介さず、サリュート殿下は朗らかな笑顔を私に向けた。

「ありがとうございます、殿下」

私は素直に礼を言った。その時、肩に何かがかけられる。見ると、オルフェーゼ様がさっき脱いだ豪華な上着をかけてくれていた。

確かに薄い服一枚だったので、そろそろ寒くなってきたところだ。しかし、私にこんな気遣いをするオルフェーゼ様は初めてで、なんだか落ち着かない。

「どうもありがとう……ございます？」

「なんでいつも俺への礼は疑問系なんだ⁉」

「まぁ、仲がいいのはよいことだよ。でもリースルの、そのぴったりした服が私には魅力的だったから、残念だけど」

「だからです」

「え？」

話が見えなくて首をかしげる。けれど、誰も説明してはくれず、オルフェーゼ様の報告が始まった。

「ふん。では殿下。報告します。公爵の行動は最近おおっぴらになっています。全てが思う通りに進んで気が緩んできたのでしょう。今回は親睦を兼ねた家族伴っての昼食会でしたが、裏では賄賂が横行していました。奴め、リースルにまで目をつけて俺によこせと強請り、うっかり召し上げられそうになったんですよ」

「へぇっ！　奴にしちゃなかなか目のつけどころがいいじゃないか！　いやぁ災難だったねぇ、リースル。何かされなかった？」

「……い、いえ、それほどは」

私は昼間の気味の悪い行為を思い出し、胸が悪くなったのを堪えて言った。

「あはははは。でも無事でよかったね」

こちらの気も知らないで、サリュート殿下はのん気に笑う。オルフェーゼ様はわざとらしい咳払いをして、話を元に戻した。

「それで、今は密談が行われています。こちらは公爵一派だけです。何枚もの約定書が交わされました。それらの書状が収納された場所はリースルによって確認済みです」

「すごいじゃないか！　やったね」

「命じたのはあなたでしょう？　そりゃやりますよ」

「できる人間にしか命じないよ、私は」

「あなたに尽くす人間が俺以外にいますかね？」

二人はまたも本筋の話から逸れた言い争いを始める。

「あ、あの書類の入った箱は厳重に鍵がかけられている上、すぐに盗み出すのは難しいです。見た限りではかなり重そうでしたし」

私はただでさえ面倒な二人が、これ以上脱線しないよう口を挟んだ。

「そうか、ならば対策を考えなければ。ちょっと間を空けるか。奴らもさすがに王宮の入札の日まで目立つことはしないだろうし」

「では、しばらく俺達は休暇ということで……」

「いいんじゃない？　ところでねぇリースル、君、その間うちに来ない？」

「は？　うち？」

うちってどこだろう？

「なんて顔してんの。私のうち、つまり王宮ってことだよ。オルフェーゼと婚約中の君が、王宮に滞在する……うーん、そうだね、私の宮(みや)と言いたいところだけど、義姉上(あねうえ)の宮辺りでしばらく過ごすのは、全然おかしなことじゃない。作法や教養を学ぶってことで、箔(はく)がつくよ？　ねぇ、本当に来ない？　あの公爵や、こっちの伯爵のところよりずっといい生活できると思うけど」

「行きません！」

　私が何も言えない内にオルフェーゼ様が断固として言い放つ。

　確かに、自分の婚約者が別の男の王宮に行くなんて変だし、エスピオンの私に王宮での箔づけなんて無駄なものだけど、サリュート殿下の申し出をそんなに邪険にしてもいいものなのか？　本当に二人の関係は不思議だ。

「なんでさ。お前このところリースルにかかりきりだったろう？　しばらく遊べるじゃないか。いいことずくめだと思うけど」

　サリュート殿下は、オルフェーゼ様の態度に少しも動じず反論する。

　その言葉を聞いて、私は考え込んだ。もともとオルフェーゼ様は美しいご婦人が大好きなのに、この間、もう夜遊びはしないと宣言した。乗馬や賭け事など、他の遊びにも興じていない。

　それでオルフェーゼ様は息抜きできているのだろうか。

　かといって、私を構うのも困る。これ以上オルフェーゼ様との距離を縮めるのは、なんだか怖い。最近せっかく彼との間に信頼関係ができてきたのに、妙にもやもやすることが少しずつ増えているのだ。今夜みたいに不思議な表情で見つめられたりすると、心の底がなんだか波立つ。

　あの翠と金の美しい瞳で私を見てほしい、繊細な指先で触れてほしい――

　――って、いやいやいやいや！

　うっかり変な妄想に陥りかけた私は、慌てて首を振った。お二人の目が同時に私に向く。

「失礼いたしました。なんでもないので気にしないでください。私が王宮に上がる上がらないは重要ではないですが、オルフェーゼ様が少し息抜きをされるのはいいのでは……と、思います」

私はなるべく双方に失礼のない言葉を捻（ひね）り出した。しかし、二人ともなんだか不満そうだ。そして実は私も、あんまり嬉しくない。

「息抜きなら適当にしている。お前が口出しすることではない」

「え？　じゃあリースル、このまま私と一緒にうちに帰る？」

「いえそれは……私は殿下と共に、王宮へ伺（うかが）える身分ではないので」

「でもかつては、ヨルギア家の者が王家の側近くで仕えたこともあったそうだよ」

「はぁ……」

仕事であれば別だが、王宮などに行きたくはない。オルフェーゼ様はどう思っているのだろう。私はこっそり視線を送った。

彼は長いまつ毛を伏せている。その表情は読み取れない。主君を前にとても無礼な態度だ。しかし、サリュート殿下は咎（とが）めるでもなく、彼の言葉を待っていた。むしろ愉快そうにすら見える。

「殿下、お申し出はありがたいのですが、この者は当分我が家に置きます。王宮に行けば、いろいろ柵（しがらみ）が多いでしょうし。いくらエスピオンといっても少しは休みたいでしょう。結構こき使っておりますからな」

どうやらオルフェーゼ様には、私を酷使している自覚があるらしい。私はそのことに大変満足した。

でも、立場上、サリュート殿下に言わなくてはならないことがある。

「ありがたきお言葉を痛み入ります、サリュート殿下。そういうことでしたら、仕事としてお命じくだされば王宮でもどこでも行きます。私もオルフェーゼ様は少し息抜きをされたほうが――」

「うるさい！　しつこいぞ！」

間髪を容れずにオルフェーゼ様に怒鳴られた。

「ひゃあ！」

思わず首がすくんでしまった。最近よく怒られている気がする。

けれど、サリュート殿下は「おお怖い」と言いながらもにこにこしている。

「とにかく俺達はこのまま屋敷に帰ります。ご懸念なく。仕事はやりおおせてみせますから」

「そう？　楽しみにしているよ。いろいろとね」

「よっぽどお暇なんですね」

「お二人とも、もうそのくらいで……」

結局、屋敷に着くまで彼らは微妙な雰囲気で、私はいたたまれなかった。

それに加え、私は少し混乱しているようだ。最近自分で自分の感情を把握できない。さっき、オルフェーゼ様に息抜きをしてもらいたいと思ったのは、彼と距離を置いて気持ちを整えたかったたからだ。

オルフェーゼ様に揺らされている。どうもいけない。こういう時は落ち着いて考えるべきだ。

私はこの任務をやり遂げなければならない。だからオルフェーゼ様にはどんどんこき使ってもらい、完遂後にさっさと契約終了するのだ。それが私達の正しいあり方だろう。絶対にそうだ、そうするべきなのだ。

「リースル？　何を考えている？」

横から美声がかけられた。私の首の辺りがぞくりと粟立つ。

「……これからのことを」

私は短く応じた。

今夜はもう疲れた。何も考えたくない。

長い一日だった。屋敷に帰って早く休みたい。

ところが、この夜はまだ終わらなかったのである！

夜遅く屋敷に戻った私達を、ジゼルさんとブリュノーさんが迎えてくれた。

自室には軽食と、体を清めるための湯桶が用意してあり、私は遠慮なくそれを使わせてもらう。

本当はゆっくりお風呂に入りたいと思ったのだが、それは贅沢な考えだと気づいた。以前は朝の泉で水浴びするのが日課だったのに、この屋敷に来て、私の感覚は少しおかしくなっている。

苦笑しつつ木綿の夜着に着替えると、窓の外で声がし、やがて馬車の音が遠のいていった。おそらくサリュート殿下が帰城したのだ。今までオルフェーゼ様と今後のことを話し合っていたのに違いない。

「オルフェーゼ様はもうお休みになったのかな？」

今日はいろいろ立ち回ったので私も疲れたが、オルフェーゼ様も疲労しているはずだ。私はなぜだか無性に彼が気になった。

オルフェーゼ様の部屋は同じ階にあり、露台で繋がっているから、外から様子をうかがうのはなんの造作もない。

ほんの少しだけ様子を見に行こう、そしてちゃんと休んでいるのを確認したらすぐに戻ろう。

そう思って露台に滑り出る。彼の部屋は一番奥だ。

たどりついた部屋からは明かりが漏れていた。見つからないように気をつけながら中を覗くと、部屋着に着替えたオルフェーゼ様の背中が目に入る。彼は執務机で何やら記述していた。何の書類かわからないが、熱心に仕事をしていることは確かだ。

「……なんだかんだ言って働き者なんですよね」

思わずつぶやくと、それが聞こえたのか、オルフェーゼ様が急にこちらを振り向いた。完全に不意打ちだったので私は身を隠せず、固まってしまう。

「リースル！　こんな夜更けに何をやっている！」

「ごめんなさい！　すぐに戻りま——」

「さっさと来い！」

オルフェーゼ様は露台へ跳び出してくると、私を部屋へ引っ張り込んだ。

「こんなに冷えているではないか！　髪も濡れて！　何やってるんだ！」

「あー、それは大丈夫です。私、すごく丈夫なので」

「いいからこれを着ろ！」

そう言って、オルフェーゼ様は部屋着の上を脱いで私に寄こした。今夜二度目だ。

「いえ、結構で――」

「ああ、なるほど。夜這いに来てくれたってわけか。それなら、他の方法で温めてやろう」

両手を広げてオルフェーゼ様は私にぐいと体を寄せる。

「ありがたく着させていただきます！」

身の危険を感じた私は、おとなしく受け取ることにした。冷えなど平気だけれど今まで人が着ていた上着は暖かい。上等の上着からは、オルフェーゼ様独特のいい匂いがした。大きくて体がすっぽり包み込まれてほかほかする。

うっとりしている自分に気づき、呆然とする。

――え？　包み込まれる？　包み込まれるなんてよくないのでは？

「――それでなんの用だ。こんな夜更けに。まさか本当に夜這いに来たわけではなかろう。俺は別にそれでもいいけどな」

オルフェーゼ様が尋ねた。私は慌てて言葉を返した。

「女性にご不自由はされてないでしょ。ええ、特に用はなかったのです。ただ、閣下がお休みになられているかどうか気になったので」

「閣下？」

咎めるようにオルフェーゼ様の眉がぐいと上がる。

「オルフェーゼ様です」

「俺が働きすぎるから、心配して来てくれたのか？」

「そんなところかもしれません」

私は素直に認めた。

「まぁいい。そこらに座れ。膝かけも使うといい。今夜は暖炉を焚かなかったんだ」

「経済的ですね」

私は執務机の脇にある柔らかい椅子に腰を下ろした。

「さっきまでサリュート殿下がいらっしゃったでしょう？　何をお話になったのですか？　あ、私が聞いてもよろしければ、ですが」

「別に大したことじゃない。少し酒を飲んで……次に動く時期などを話し合っていただけだ」

なるほど。オルフェーゼ様からはお酒の匂いがしている。

「お前も飲むか？」

「いえ、私は飲みません」

「へぇ、なぜだ？」

「お酒は正常な判断を鈍らせますし、平衡感覚を損ないます」

「ま、確かにそうだけどもな。今夜はもう何もないだろう。一杯だけ付き合え」

「少しだけですよ」

オルフェーゼ様は私のために杯を取りに行ってくれた。半分ほど酒が注がれた優美な杯を渡される。

――この方がご自分で給仕するなんてことがあるんだ。しかも私に！

赤い綺麗なお酒だ。きっと高価なものだろう。

私に出した時には炭酸水で割ったそれを、彼はそのまま注いだ。私はよい香りのそのお酒にほんの少し口をつける。

「どうだ？」

「少し辛いですけど。美味しいです。色も宝石みたいで綺麗」

「辛いか？」

「ええ、少しだけ。普段飲みつけないのでわかりませんが……」

「そうか。つまらぬものだな、エスピオンというものは」

「そうなのかもしれません。エスピオンは酒や煙草、香水などの嗜好品を嗜みません。匂いのきつい食材も避けています。自分の気配や痕跡を残さないためです」

「そうか……厳しい生活だな」

オルフェーゼ様は物憂げな様子でつぶやいた。

「で、次の任務はいつになったのですか？」

「仕事の話はよせ。今日はもうたくさんだ」

私の問いかけに、彼はうんざりした様子で首を振った。

「……はい」

とはいえ、終わりの見通しがたたない仕事はつらい。考えてみると、今までこんな長期間の依頼を受けたことはなかった。

「お前、この件が終わったらどうするんだ？」

「どうするって……報酬をいただいて家族のもとに帰ります」

「そうか、そうだったな」

オルフェーゼ様は真面目な顔でつぶやいた。

「……サリュート殿下のもとには行かないのだな」

「今のところ、先のことは考えてないです。でももう、こちらに来て半年ですし、一度家に顔を出したいです。母と祖母が心配ですので」

「お前の家族なら元気にしているぞ」

「え？　もしかして見張っていたんですか？」

「違う、違うぞ！　人をやって時々お前の様子を知らせていたのだ」

「ああ、よかった。私が失敗したり、裏切って逃亡したりした時のための監視かと思いました」

「お前、俺をどれだけひどい人間だと思ってるんだ！」

オルフェーゼ様は怒って言った。ちょっと可愛い。

「ひどいとは思ってないです。お優しいところもあると知っています。けれども無条件で情け深い方ではないでしょう。それが普通です」

「普通？　何がだ？」

「エスピオンに対する、普通の態度だということです」

私はきっぱりと言い切った。それを聞いて、オルフェーゼ様は黙り込んでしまう。

「オルフェーゼ様？」

「お前の家にはちゃんと生活費を届けている。稼ぎ手を借りてるわけだから」

「それは、知りませんでした……本当ですか？」

「ああ。報告ではこの冬中、お婆様(ばあさま)も妹御(いもうとご)も病気などしなかったということだ」

「よかった」

私はほっとした。そして、ふと気づく。

なんでこの人はおばあちゃんや妹達に尊称を使うのだろう。それに、そんなことをしていたのなら言ってくれればいいのに。

「でも、どうして私に一言教えてくださらなかったんです？」

「聞いてきたら告げるつもりだった。だが、一言も口にしないので、任務中に雑念が入らないようにしているのかと思ってたんだ」

「そうだったんですか」

「そうとも。これでもいろいろ配慮している。俺だって王家の雑用係みたいなものだから」

「随分煌(きら)びやかな雑用係ですねぇ」

ふふふと私は笑ってもう一口お酒をいただく。気のせいか、さっきよりも甘く感じた。

「……で、お前は俺を裏切って逃亡したりするのか？」

「えっ！　そんなことしませんよ。さっきのは言葉の綾(あや)です。ちゃんと最後まで閣下——オルフェーゼ様にお仕えします」

「最後まで？」

「この仕事が終わるまでです」

「ならば俺だって最後まで責任をもって、面倒見るぞ」

オルフェーゼ様はなぜか難しい顔で杯を呷った。

「ありがとうございます。嬉しいです。助かります。それでこその貴族です」

「……なあ、お前は俺を根っからの貴族と思ってるんだろうがな。俺の産みの母は先代ディッキンソン伯爵、つまり父の正夫人の侍女頭だったんだぞ」

オルフェーゼ様は面白くない顔のまま私を見つめて、話し出した。

「えっ!?」

以前、ブリュノーさんに聞いたオルフェーゼ様の過去が蘇る。彼は後妻の子だと教えてもらっていたが、まさか母親が前妻の侍女だったとは。

「ああそうだ」

オルフェーゼ様は自分でお酒を注ぎ足す。しかし瓶にはもうほとんど酒が残っていない。彼は舌打ちをして、ゆらりと立ち上がった。

私が考え込んでいる間に、オルフェーゼ様は飾り棚からもう一本酒瓶を取って栓を開けた。そのまま直接口をつけ、袖で口もとを拭う。いつも作法にうるさい彼がこんなに行儀の悪い振る舞いをするなんて。今夜は驚かされることが多い。

「俺の母は主である伯爵夫人を裏切って、先代伯爵、つまり俺の父との間に俺をもうけた」

「裏切り……」

「前夫人のイングリッド様は、嫡子だった俺の兄を産んでから体調を崩し、床に臥せがちになっておられたそうだ。そして五つ歳上の兄、コルネイユもまた丈夫ではなかった。そんな状況で父は母を孕ませたのだ。その後間もなく、イングリッド様は亡くなられた。俺が生まれてすぐだ。そら、そこにイングリッド様の肖像画がかかっている。父が描かせたものだ」

奥にかけられた絵には、仄かに微笑んだ聡明そうな貴婦人が描かれている。

私はなんと言っていいのかわからなくなった。

イングリッド前伯爵夫人は信頼する侍女に裏切られ、悲嘆にくれながら亡くなったということだろうか？

「それから俺の母はこの屋敷にいづらくなったのか、俺が生まれてからここを去った。そして兄のコルネイユもたった二十二で亡くなり、この家を継ぐ者は俺しかいなくなったんだ。俺が二十五歳になった時——その時はまだ軍にいたんだが、父が隠居することになって、俺がこの家と爵位を継いだ。それしか選択肢がなかったからな！」

またぐいと酒を呷った後、オルフェーゼ様は瓶を振った。

「もう少し飲まないか？」

「いえ、私はもう……でも、そんなことが……」

私は胸に迫るものを堪えて言った。いつも自信に溢れてご婦人方に微笑みを振りまく彼に、こんな悲しい過去があるとは知らなかった。ひょっとして、お父上とも折り合いがよくないのかもしれない。オルフェーゼ様は一人で伯爵家の責任を果たしてきたのか。

けれど、面と向かって尋ねるのは憚られた。

「お父上は今、どうされているのですか？」

「領地に籠っている。王都には出てこない。今では数年に一度会うくらいだな」

「お寂しいですね」

自分が生まれたことが遠因で亡くなられた前伯爵夫人、自分を置いて出ていった実母。この人は母というものを知らないのだ。だから女性達に慰めを見出しているのかもしれない。おそらく幼い頃は、屋敷の中で微妙な立場だったのだろう。

「そうでもないさ。八歳で寄宿学校に放り込まれたが、学校ではおとなしくしていなかったし、そこで二級上のあのくそ殿下に出会っちまったからな。以来使いっ走りだ。軍でも一緒で、殿下は中隊長にまでなって……それも副官だった俺のお陰だが。そんなわけで結構充実していた」

さりげなく自慢話を入れて、湿っぽい話を明るく笑い飛ばす彼は、やっぱりすごい。

「でも北方に行っていたと伺っています。厳しい気候や山賊の横行で大変ではなかったですか？」

「まぁな。だが、仕事は山ほどあったが、賢王陛下のお陰で国同士の戦闘になることはなかったからな。国境侵犯のならず者や密猟者の取り締まりくらいだ。これは結構頻繁にあってな、いい実践訓練になった」

またごくりと喉が鳴る。彼の握っている瓶はもうほとんど空っぽだ。

「そうして気楽に過ごすうちに父が引退すると言い出して、爵位が転がり込んできたってわけだ。それからはまぁ道楽貴族さ」

「その割にオルフェーゼ様は、剣術や体術はかなりの腕前をお持ちですよね？」

私は思い切って聞いてみた。

「そうでもないさ。なんでそう思う？」

「体の捌き方のキレがいいし、無駄がありません。それに腰が安定しています。いつも提げていらっしゃる剣だって、お飾りとは思えません」

私は暖炉の上に無造作に置かれている剣に目を向けた。それは華やかな装飾がある綺麗なものだが、よく見ると鞘は傷だらけで、その大きさからも体裁を保つための飾りではないことがわかる。

「お前……本当に面倒くさい奴だな。普通の女はそんなこと気づかないぞ。そもそも、剣など見ない」

「そうですけど……最初見た時から気になっていたんです」

「まぁ格好悪いことが嫌だから、若い頃はあのくそ殿下に負けないように、武にも文にも打ち込んだ」

「作っていただいた書類も一級品でしたし」

「だからそんなことに気がつくなよ。可愛くないな！」

オルフェーゼ様は少し呂律の回らない口調で私に文句をつけた。酔いが回ってきたのだろうか？

こんな素の自分をさらけ出してくれる彼に親しみを覚える。何人の女性がこんな姿の彼を知っているのだろうか？　私……私だけならいいんだけどな。

けれど私は、あえて彼をつっぱねた。

「私に可愛らしさを求めないでください」

不意にオルフェーゼ様はすねた顔になった。

「笑うなよ……」

「え？」

――私、今、笑っていた？

「そういうことを求めては駄目か？」

「いえ……駄目ではありませんが、仕事相手でしょう？　甘い期待はするなとかなんとか、オルフェーゼ様自身、威張っておっしゃられていたではないですか」

「甘い期待？」

「あっ、してないですよ。しておりません！　全然、全く、これっぽっちも！」

思わず両手を振って全力で否定する。

「……難しい女だ」

彼はますます面白くなさそうに言い捨てた。姿勢と一緒に着衣をどんどん乱している。普段の貴公子っぷりが台なしだ。

「はぁ、すみません」

「お前は面倒くさくて、可愛くなくて……おまけに難しい女だ」

「ですから申し訳ありませんって」

オルフェーゼ様はきっと酔っているのだ。酔っ払いをまともに相手にしても仕方ないので、私は謝罪を繰り返した。

「だが、それがお前だからな」

言いながらオルフェーゼ様はふらりと立ち上がった。相当飲んでいたのだ。もう休むのだろう。そう思った私は、部屋に帰ろうと腰を上げかけた。その時――

「は……え？」

目の前で自分のつま先がゆらゆらと揺れていた。

私はいつの間にか高々と持ち上げられていたのだ。

「ちょっと！　あのっ！　オルフェーゼ様？　あの、あの、あの！」

「あの？　妙な声で鳴く猫だ。それに、見かけより重いな」

頭上から気だるそうな囁きが降ってくる。

オルフェーゼ様は私を抱え上げている手に酒の瓶まで持ち、部屋の奥へ歩き出した。

「しっ、しっつれいな！　重ければ下ろしてください。なんなんですか？　何これ……えっ!?」

言ってる間にも、どんどん奥へ運ばれる。体を捻っても抜け出せない。

じたばたもがいているのをものともせず、オルフェーゼ様は隣室へ続く扉を行儀悪く蹴って開けた。重い音が暗い室内に響く。

「えっ？　ここ？　え？　ちょっと待ってください」

中は真っ暗だ。星明かりがかろうじて差し込むだけの青い闇。

「うるさいぞ」

「すみません……いや、だから何をするんです！　ここって――」

「俺の寝間だ」

「ねま？　寝間ぁ!?」

変な声が出てしまう。

「もう黙れ」

「うわっ！」

オルフェーゼ様の言葉に続き浮遊感がして、すぐに体が落下した。寝台の上に放り出される。

私は素早く受け身を取った。上質の寝台に体が沈むが、なんとか片膝をついて体を支える。

「ちっ」

闇の中で舌打ちが聞こえた。

――え!?　さっきから、なんなのこの人！

「閣下？　何を……」

オルフェーゼ様は持っていた瓶から最後の雫を口に含むと、空瓶を投げ捨て、重く熱い体で私に覆い被さった。

「うわっ！」

「まったく可愛くない女だ。……だが、少しは気に入っている。なぁ、たまには別の顔を見せてみろよ」

彼は片腕で私の腰を抱き込み、もう片方で顎を捉えた。

撥ねのけられない。

それでも私は持てる力の全てを使って体をよじった。けれど、やすやすと封じ込められ、顔の上に何かが覆い被さる。

「んっ……く！」

熱く濡れた何かが流し込まれた。口腔に強いお酒の香りが広がり、体が強張る。思わず嚥下した途端、かっと喉が焼けた。そしてその熱は体を巡り、思考を鈍らせる。

触れ合った部分からぴちゃりと妙な音がした。私とオルフェーゼ様の唇が擦れ合う音。

――これは、口づけ……？

私はオルフェーゼ様の口づけを受けているの？

熱い。体がとても熱い。こんな感覚は知らない。

なんとか顔を背けても、すぐオルフェーゼ様に追いつかれる。

強引に上を向かされ、再び隙間のないほど口を塞がれた。上と下の唇を片方ずつ舐めしゃぶられ、吸い上げられて……ああ、まるで食べられているみたいだ。

「は……あぁ……」

――食べられてもいいかもしれない。この人にならば。

ちらりとそんな考えが浮かんだ。

以前のサリュート殿下との触れ合いなど、霞んでしまうほど圧倒的な接触。

頭の隅で鳴る警報を無視して、私はどんどん思考力を失っていった。

「リースル」

「は、はいっ……あむ？」

低い声で名を呼ばれ、反射で返事をしようとした私の口に何かが入り込む。唇よりもっと熱くて濡れたものが。

慄く私の中に、それは情け容赦なく潜り込んでくる。掻き回されて、追いかけられて、詰め寄られて、絡められる。どこにも逃げ場はなかった。

お酒を含んだ二人の体液が混ざり合う音と、オルフェーゼ様の荒い息遣いが頭の中に木霊する。

酒精に追いたてられた血液がすごい勢いで脳髄を駆け巡った。

意地悪だけど有能で、悲しいほど綺麗な人に自分から酔わされる。

もう、どうなってもいい。そんな気になった時、胸もとにかけられた指に、私は正気に返った。

「はっ」

これはよくない。こんなのは間違っている。私は能力を買われたエスピオンなのだから！

散らかった思考を必死にかき集める。

どうにかして逃れなくてはいけない。半身が押さえ込まれていた私は、もぞもぞと足を動かし、膝蹴りを試みた。しかし、相手の重量には勝てず、なんとも情けない弱々しい攻撃になってしまう。

「……足を使って俺を攻めるなど……なかなかやるではないか」

オルフェーゼ様はやっと唇を放し、わけのわからないことを言った。その艶っぽい声に、かえって冷静になる。私は強く抵抗した。

「くっ……そう体を擦り合わせるな。俺を煽っているのか？」

「は？　全力で蹴ってるんですっ！」

「蹴る？　ったく、なかなか懐かぬ猫だな……しかし、この体は存外抱き心地がよい。柔らかいのにふにゃふにゃしておらん。ん～」

オルフェーゼ様はますます強く私に腕を巻きつけた。

——ひい！　なんでしがみついてくるの？

「オルフェーゼ様！　もうそろそろお戯れはやめてください！　だいぶ酔っておられますよね？」

「そうでもないぞ。うん、存外胸もあるではないか。もう晒を巻くなよ」

「どなたと比べてるんですか？　ちっとも嬉しくないですから！」

「そうか？　俺は嬉しいぞ。さっきの黒服もなかなかよかった。あれは体の線がはっきり出るからな。しっかりした芯を持った見事な体だった。あのくそ王子に見せるのが惜しいくらいに」

そんな理由で上着をくれたのか！　寒くないように気遣ってくれたのかと思っていたのに。

さらに頭が冷えてくる。甘い時間は終わりだ。私は闇の中でオルフェーゼ様を睨みつけた。

「なんだその顔は」

この暗さでも、彼は私の表情が見えたらしい。エスピオンそこのけの夜目だ。

「もうこれ以上は許しません」

「怒った顔もなかなかいい。やっぱり誘っているな、お前。このまま抱いていいか？」

その言葉が私を完全に冷静にさせた。

「……オルフェーゼ様は、私をなんだと思っているのです？」

「何？」

私の硬く冷たい声に、彼はぴたりと動きを止めた。

「私は主命に従って働くエスピオンです。それを使い捨ての慰み者と勘違いされていませんか？」

せっかく二人の絆が縒り合わさってきたと感じていたのに、こんなふうに扱われるなんて！

「……リースル？」

「そりゃ、オルフェーゼ様にとってはエスピオンも慰み者も同じものなのかもしれません。だけど、私にだって矜持ってものがあるのです」

オルフェーゼ様が黙っているので、私は重ねて言った。

「私の曽祖父は一代限りとはいえ准男爵でした。それは何代もの間、密かに王家に仕えてきた功績を認められたものです。曽祖父は王家のために汚れ仕事も請け負ったと聞きます。その気持ちは今も変わっていません」

「……知っている」

「主から忘れられても、いつかご用を賜る時のために一生懸命技を磨いてきたんです。閣下には蔑まれてましたけれど」

「蔑んでなどいない！」

オルフェーゼ様は、自分の身を起こし言った。もうその顔に笑みはない。

「でもお会いした時、地味な女だの、みっともない髪だのとおっしゃられた」

「そんなことを言ったか？　いや、確かに言ったな……」

それは酔いをどこかへ吹っ飛ばしたような苦い声だった。

「閣下ほどのお家柄なら、私のような者を下に見るのは普通なのかもしれません。でも私はエスピオンとしてあるべき姿をしていただけです。誇りがあるのは貴族だけではありません！　確かに閣下のお付き合いしているご婦人と比べたら、貧相ですけど」

「今は誰とも付き合ってないぞ！　この間言ったじゃないか、聞いただろう？」

「そうでしたっけ？　でもデ・シャロンジュ公爵家の召使は誑し込んで、用済みになったら捨てちゃうんですよね」

言いながら私は気がついた。

なんてつまらないことを口にしているのだ。途中から自分とは関係ないことまで責めている。きっと慣れないお酒が私をおかしくしているのだ。お酒と、そして目の前のこの人が！

「それは仕方のないことだろう。この仕事に情けは無用だ」

オルフェーゼ様は私に怒鳴り返した。

「ええ、そうでしたね。私も道具の一つですし、別にいいんですよ。私だってローザ様を騙しましたから！」

憎まれ口が止まらない。なぜこんなにむきになっているのか。どうしてこんな事態になったのか、自分でも理解できない。

「もういいですから！　放してくださいよ」

「放したくない！　お前が欲しい、今すぐ！」

その言葉で私の心の器は溢れた。溢れて器もぐしゃりと壊れた。

オルフェーゼ様はたくさんの女性と親しくしてきたに違いない。特定の女性はいないと言っていたので、一夜限りの愛人や社交上の恋人がたくさんいたはずだ。

彼女達にも同じことを言ったのだろう。

けれど、私は彼女達とは違う。この半年間一緒に仕事をして、信頼関係を築いてきたのではなかったのか。それとも所詮はデ・シャロンジュ公爵の不正を暴くための道具の一つでしかないということか。

「……なぁ、リース――」

「そんなふうに呼ばないでください！　私はエスピオン。懐かぬ猫です！　あなたなんか、あなたなんか……」

私は深く息を吸った。

「大嫌いだ！」

本当に、心から！

「大嫌い！」

オルフェーゼ様がわずかに身を引いた隙に、思いっきり突き飛ばし、私は露台に走り出た。

——大嫌い。

理由なんかない。ただ何か荒く激しい言葉を投げつけたかっただけだ。お酒の余勢を駆って口づけなんかしたあの人に。

けれど、心が張り裂けてしまいそうだ。

「やぁっ！」

私は露台(ろだい)の手すりから、外壁の彫刻を足場に窓の庇(ひさし)に跳び上がる。

わけもなく、走りたかった。

この勢いのまま、デ・シャロンジュ公爵の屋敷に忍び込んで、あの黒い箱を盗みに行けそうだ！　裸足(はだし)だったが構わない。たどり着いた大屋根の上は広く、温い風が少し伸びた髪を揺らす。一気に駆け上がったので呼吸が乱れ、汗が吹き出た。

「こんな仕事、とっとと終えて、たっぷりお金をもらって家に帰る！」

夜空にそう宣言する。少しは気が晴れた気がした。

＊＊＊

一人、部屋に残されたオルフェーゼは考えた。自分の母がディッキンソン伯爵夫人の侍女頭だと、リースルに伝えたことに嘘はない。

伯爵夫人は彼が生まれてすぐに死んでしまった。知人や使用人から聞いたところによると、夫人は非常に聡明な人だったらしい。ブリュノーやジゼルが、ご立派なお方でしたと今でも懐かしそうに涙ぐむほどなのだ。

オルフェーゼの実母のシモーヌは、伯爵夫人の喪が明けてしばらくしてから、先代ディッキンソン伯爵の妻となった。しかし、結婚式は挙げず、オルフェーゼを生んですぐに屋敷を出、離れた別邸で暮らした。おそらく先妻の子に遠慮したためだ。

だから、幼い頃に母と過ごした記憶がオルフェーゼにはない。伯爵家の次男である彼は、父の屋敷に残り教育を受けなければならなかったからだ。

もっとも、彼が寂しいと思ったことはない。父は厳しくとも自分をちゃんと認めてくれたし、五歳年上の兄は常に優しかった。

兄、コルネイユはオルフェーゼの最初の学問の師だ。いつも物静かで落ち着いていたコルネイユの顔立ちは、亡くなった伯爵夫人の肖像画にそっくりだった。

どちらかというと、外で体を動かすほうが好きなオルフェーゼに、兄は根気よく学問の基礎を教えてくれた。おかげで貴族の子弟が通う寄宿学校に入学しても、成績で恥ずかしい思いをすることはなかった。兄を慕っていたオルフェーゼは将来、家の役に立つ人間になろうと、武芸だけでなく学問や作法を懸命に学んだ。

その美貌を武器に浮名を流し始めたのもこの頃である。加えて、平民を母に持つことを揶揄(やゆ)する連中と派手な喧嘩もやらかした。

つまりは、かなり目立つ学園生活だったのだ。

そのせいか、王族のくせに一般貴族の通う学校に入り浸っていたサリュートに目をつけられる羽目になったのであるが。

学校を卒業後、大学に進まず軍に籍を置いたのは、ディッキンソン伯爵家の後継者である兄を、見守ろうと思ったからだ。

それは、その頃から少しずつ寝込むことの多くなった兄に取って代わる気持ちは自分にはないと、世間に周知させるためでもあった。

北の国境守備につき、適当に遊び、いずれ伯爵家を支援してくれそうな格上の貴族の婿になればいい。そう考えていたのだ。

それなのに、十八になろうとした時、兄コルネイユが亡くなった。

オルフェーゼは愕然となった。これでは自分が伯爵家の後継となってしまう。

しかし、父は彼を王都に呼び戻すこともなく、数年はそれまでのように好きなことをさせてくれた。

そして、二十五歳になった時、ようやく王都に戻るようにという父からの書簡が届いたのだ。

それに従い屋敷に戻ったオルフェーゼは、予想していた通り父に家督を継ぐことを命じられた。王都の屋敷、そして枢密院の一員となることを。つまりディッキンソン伯爵家が担う裏の仕事も託されたのだ。

それが三年前。

オルフェーゼはそんなことを思い出した。

暗い部屋に浮かぶ数々の場面と人の顔。

彼は苦く笑いながら、再び酒の瓶に手を伸ばした。

――俺はいつもうまくやっていたはずだろう？

「なんで今さら、こんな小さなことに躓いている？」

――小さな？　本当に小さなことなのか？

たった今まで抱きしめていたのは一人の娘。

媚びも諂いもせず、彼の命令に淡々と応じるエスピオン。そして一向に自分に関心を示さない難しい娘。

その彼女が思いもかけず、こんな遅くに夜着のまま部屋までやってきたのだ。もっともその目的は少しも艶めいたことではなかった。

それが悔しくて、容易に揺るがないその心根をかき乱してやりたかった。抱いて肌を撫で上げ、上ずった声で自分の名を呼ばせたかった。

「くそっ……」

悪態は自分に向けてのものだ。

酒の力を借りたのは己をごまかすためだった。

思わず口づけた、いつもきりりと引き結ばれている小さな唇は、甘く、彼の心に火をつける。翻弄してやろうと思っていたのに、彼のほうが夢中になってしまった。

さっきまで彼に食まれて震えていた唇は今はもうない。
闇と冷たい夜風があるだけだ。
『大嫌い』
「リースル、俺はお前を……」
彼の言葉は届かない。
いつの間にか酔いはすっかり冷めていた。

5　決意と行動のエスピオンの娘

「昨夜はすまなかったな」

翌朝、美貌をやつれさせたオルフェーゼ様は私に謝った。正直、驚いた。

——この人、謝れる人だったんだ。

「頭が痛い。俺としたことがかなり酔っていたようだ。お前には無礼なことをした」

ああ、それでそのやつれようか。いわゆる二日酔いだ。彼の気だるげな表情と着こなしが、壮絶な色気を放っていて目のやり場に困った。

私は「そうですかー、お大事に」と気のない返事をして朝食の席を立つ。そして、オルフェーゼ様の横をすり抜けようとした時、突然手首を掴まれた。

「リースル」

「な、なんでしょうか？」

「昨日のことは……その、お前を貶めようとしたわけではない……んだ。いや、無体に及んでしまったことは言い訳できないが」

「ええ。でも私も反撃しましたし、おあいこですよ」

私は努めて何気ない返事をした。

「……いや、違う。俺はお前を貶めたかったんだ……と思う」

「え？」

「お前があんまり淡々としているから、ちょっと懲らしめてやろうと、そういう気になってしまったんだ。酒を飲んでいたとはいえ、真面目なご婦人に対し、あるまじき失態だった。許してくれ」

「ごふじん？　ご婦人って私のことですか？」

「っ！　そこは聞き流すところだろうが！　とにかくすまん」

そう言ってオルフェーゼ様は頭を下げた。

金色の渦巻き——いや旋毛が見える。

「おい！　聞いているのか？　許してくれと頼んでいるのだぞ！」

「あ、はい。許します。許しますから、どうぞ頭を上げてください」

私の言葉にゆっくりとオルフェーゼ様が顔を上げた。その顔は真剣で、でもちょっと可愛かった。

洗練されているように見えて、とっても不器用、捻くれているくせに時々とても素直に感情を剥き出しにする。

こんな素敵な人と、ずっと仕事ができたらさぞや愉快だろう。

自然とそんなふうに思えた。

「リースル……俺は」

「確かにふざけすぎだと感じましたけど、もういいです。お酒に酔ってのことですし。もうしては駄目ですよ」

「違う、俺は――」

「いいですったら！　それより仕事の話をしましょうよ。合鍵を作るんですよね」

これ以上この話を続けると、あの不可解な感情がまた強くなりそうだ。

なんだか、気まずい。

私は慌てて仕事の話題に持ち込もうと頑張った。けれど、なんだか曖昧な返事しかもらえない。

どうもオルフェーゼ様の様子が変だ。昨日のことはお酒のせいだとしても、本当にどうしたのだろう。

仕方なく話を切り上げて私は庭に出た。

「あ……」

気がつくと、指が無意識に唇を触っていた。

思い出したくないのに……

初めての口づけはサリュート殿下で、それは蝶々のように軽やかだった。

二度目を押し付けたのは、私を男と間違えたデ・シャロンジュ公爵。いや訂正しよう。あれは単なる事故だ。べとべとものすごく気持ち悪くて最悪だったが、事故は事故。

だから、二度目を奪ったのはオルフェーゼ様ということになる。

それは熱く濡れていて、息もできないくらいの嵐だった。きつい酒精の香りと共に大量に送り込まれたものが、私から何もかも奪ってしまいそうになる。いや、奪ってほしかったけど、奪われなかった。

私がエスピオンとしての自覚を、すんでのところで取り戻したから。

あのオルフェーゼ様相手に、これは自分を褒めたい。うん、褒めてもいいだろう。

――けれど、ちっとも嬉しくはない。

それに私の口づけ体験が、ものすごいことになっている。

私は咲き誇る薔薇(ばら)の花にため息をかけた。次々と押し寄せる熱い波に、心が持っていかれそうだ。

確かに昨日の私は散々な目にあい、怒っていた。でも、こんな感情を持ってしまうのは私がオルフェーゼ様に囚われているからなのだ。そして、それは不毛な気持ちだった。

その上、昨夜は取り乱して捨(す)て台詞(ぜりふ)を投げつけてしまった。

『大嫌い』

オルフェーゼ様は覚えているだろうか？　かなり酔っていたから、忘れてしまっているかもしれない。

そうだといい。

私は再びため息をついた。一体これで何度目のため息だ？

こんなことでは仕事を果たせない。もうあんなことは起きてはならないのだ。

そう、二度とありえない。

オルフェーゼ様は、華麗な外見を利用して軽薄な態度を装(よそお)いながら、世間を欺(あざむ)き王家を守ろうとしている、まさに懐刀(ふところがたな)だ。

そしてそれは、エスピオンだって同じこと。だから私達は同志。彼と一緒に行動できるのは誇りだ。

「だったら」

私は顔を上げた。

――最後までいい仕事をしよう。

刃にはなれなくても、矢の一本ぐらいにはなれる。そのためには、常に研ぎ澄まされていなくてはならない。

こんな妙なもの思いは、これで終わりにしなければ。

花咲き乱れる庭で、私は何色にも染まらない黒を心に纏おうと決心した。


それから数日。

私の決意をよそに、出番は全くやってこなかった。

しばらく時間をおくことにしたせいかもしれないが、オルフェーゼ様自身は忙しくしている。今朝も小雨の降る中を王宮へ出かけた。

合鍵の件は「もうすぐ仕上がるはずだ」としか教えてもらえない。

私は、ぼんやりと見つめていた図面から目を上げて、窓の外を眺めた。

ここに来た頃、ほとんど花も緑もなかった庭は、今や色の宝庫だ。咲き乱れるたくさんの花の香りがふんわりと柔らかい。

春爛漫。朝から雨が降っているが、心地よく暖かい。

きっと王都や王宮のあちこちで、大小様々な催しが行われているに違いない。お茶会や音楽会など、市民も貴族も春を謳歌しているはずだ。

こんなに暇を持て余している若い娘は私くらいだと思う。

いや、私は社交がしたいというわけではない。だが、雨に濡れては体に障ると渋い顔をするジゼルさんを見ない振りして、散歩という名の運動ぐらいしかやることがないのは退屈だ。

早くこの仕事にけりをつけたいというのが私の本音だ。気持ちが宙ぶらりんでいたたまれない。

私に仕事を与えてほしい。そして「お前の役目は終わった。ご苦労、森に帰れ」と告げてほしい。

そうすればきっと、このわけのわからない気持ちに終止符を打てる。

けれどオルフェーゼ様とは、あれ以来、なかなか顔を合わせられなかった。

仕方がないので、こうして自室に籠って、デ・シャロンジュ公爵家の図面を眺めていた。正直、つまらない。

「オルフェーゼ様は何をしているのかなぁ？」

王宮へは仕事に行っているのだろうが、ここしばらく、暗くなってから私の目を盗むようにして外出する。こそこそと出ていく彼は、公爵邸に乗り込んだ時と同じ職人風の出で立ちだ。

どうも彼は公爵家の召使を籠絡して、あの黒い箱の鍵を手に入れようとしている気がした。

ひょっとしたら今頃はもう、鍵を手に入れているかもしれない。

私にはなんの相談もない。

私が出る幕はないということか？　もしかしたら私はもう、オルフェーゼ様にとって必要のない存在なのだろうか？

そんな考えが頭を過(よぎ)り、心が震えた。

いやいや、そんなことはない、と首を振って打ち消す。

だって合鍵を手に入れたとしても、屋敷に忍び込み、書斎の奥に置いてある箱にたどり着かなければならない。どうしたってオルフェーゼ様一人では無理だ。私の能力がいる。

だから、私はまだ必要なはずなのだ。

なのに、いつまでこんなふうに放って置かれているのだろう。

「暇だわぁ～。やることないって、こんなにしんどいんだなぁ」

私は、行儀悪く机に片頬を押しつけて愚痴を吐いた。

空が少し明るくなり、雨が先ほどよりも小降りになってきている。

机の上の図面は、私の偵察とオルフェーゼ様の情報で作り上げたものだ。一階の正面には応接室など客用の部屋が並び、奥が厨房(ちゅうぼう)や洗濯室などになっていた。例の鍵を持ち歩いている従者(じゅうしゃ)の控え室は裏口の近くだろう。

二階の正面は遊戯室と召使の部屋、三階が公爵と家族のための私的な空間。黒い箱が収納されている書斎は三階の正面のほぼ中央にある。

「う～ん、屋敷の角に植わっている樹から二階の露台(ろだい)に跳び移って、三階によじ上るのがいいかな。以前使った、彫刻を足がかりにして……でも露台(ろだい)は庭から丸見えだ。忍び込むのは前みたいに月のない夜だな。問題は――」

――犬だ。

公爵邸は派手好きなデ・シャロンジュが贅を尽くして飾り立てているため、ごてごてした彫刻があり上るのは容易い。しかし、夜間は犬が放たれる。

五人の用心棒達の目はなんとかごまかせたとしても、犬は厄介だ。

「やっぱり薬がいる」

私は家から幾つか薬草を持ち出してきていた。だが、オルフェーゼ様にうるさく急かされたため、最小限のものしかない。

茶色の革でできた鞄の中を確かめ、そこから数種類の薬草を取り出した。

エスピオンは犬を相手にすることもあるので、彼らの鼻を利かなくさせる薬を持っている。それが、ここにあった。

だけど、鼻を潰すだけでは犬がうろたえて鳴き、それが警備に怪しまれるかもしれない。犬にはぐっすり眠ってもらおう。

私は眠り薬と鼻薬を混ぜたものを犬に撒くことにした。

「えっと……あった。これだ」

犬用の眠り薬と鼻薬を取り出す。

「でも、シアンコムの実がないわ」

シアンコムという樹に生る実がない。その実からは犬が非常に好む匂いを発する粉ができるのだ。実自体が少ししか採れない大変な希少品で、王都の薬店で売っているとは思えない。

家ではそれを近くの小屋に保存してあった。我々が使う薬の中には毒になるものもあるので、幼い子の手の届かないところに保管しているのだ。

「取りに行くしかないなぁ」

半年前、オルフェーゼ様が私を迎えに来た時は、この屋敷まで馬車で数時間だった。馬に乗るならもっと早くてすむはずだ。オルフェーゼ様に黙って借りてもいいものだろうか？

この家の馬は一級品ばかりだと聞いているし、雨の中を私がお使いに行くだけのために、早駆けさせるのはよくないかもしれない。

どうしようか考え込んでいると、ジゼルさんが部屋に入ってきた。いつの間にか昼近くになっている。

「王宮からお使者の方が参られました。リースル様にお会いしたいそうです。平民の服装をされてますが、ちゃんとした証（あかし）を持っておられましたので、客間にお通ししています」

「はい。すぐに行きます！」

私は驚いて返事をしたが、心あたりはなかった。

――王宮からの使者？　オルフェーゼ様への使者ではなくて、直（じか）に王宮から私に？　一体どういうこと？

慌てて支度をして客間に駆け下りる。

そして私は呆気にとられた。

客間の真ん中に立っていたのは、商人の姿に身をやつしたサリュート王子殿下だったのだ。この

間は御者(ぎょしゃ)、今日は商人風の出で立ちだ。この方の変装は一体幾(いく)つあるのか。

なんと自由な王子様だ！

私は王宮で青くなっているに違いない顔も知らない侍従(じじゅう)を想像して、げっそりとなった。

「こんにちは」

サリュート殿下がにこやかに挨拶をする。

「こんにちはって、……なんで殿下がここにいる……こちらにおいでになるんですか？　お付きの方は？」

「私、一人」

「お一人？　そんな、いつもそんなことをなさって、万が一、御身に何かあってはオルフェーゼ様の……えと、失態……責任に？」

「リースルは、普段のままでいて。堅苦しくしないほうがいいよ」

慌てる私に、サリュート殿下はいつもの調子で言った。

相変わらず、その神秘的な容貌(ようぼう)と不釣り合いに軽い。

でも、私は知っていた。これはこの方の見せる顔の一部なのだ。オルフェーゼ様と同じく、幾(いく)つも仮面を持っている。絶対に油断ができない。

「好きなようにしゃべってよ。ね？」

爽(さわ)やかにサリュート殿下は言った。

——ああ、なんて面倒くさい。

「はぁ。ではお言葉に甘えてもう一度伺（うかが）います。なんでここにいらしたんですか？」

「来たかったからだよ。雨もひどくなかったし」

「オルフェーゼ様はただいま王宮でお勤めです」

「知ってる。だから来た。私はリースルに会いに来たんだよ」

　私は聞こえない振りをしつつも、殿下をしげしげと眺めた。

　今日は裕福な平民の男性が訪問着にしているような洒落（しゃれ）た服装をしている。「黒の王子」の異名を持つ彼は、その名を意識してか、落ち着いた色の服を好む。その点で、オルフェーゼ様と対照的だった。もっとも、オルフェーゼ様も出会った頃とは異なり、最近は紺や黒などの深い色をよく身につけられるようになった。装飾も少なめだ。いい傾向だと私は思っている。

「だから、私はリースルに――」

「すみません、意味がわかりません。ああもしかして、デ・シャロンジュ公爵の件ですか？　オルフェーゼ様から何かお言付けが？」

「まぁ進捗（しんちょく）状況は聞いている。あれから大きくは変わっていないよね。だけど、今日から五日後に王宮御用達（ごようたし）品の入札が始まる。今回問題になってる織物組合と陶磁器組合の入札はその三日目だから、もうそんなに余裕はないかな」

「ですよね！　なのにオルフェーゼ様は、最近隠し事をしているみたいで、私になんにも教えてくださらないんです」

「ふぅ～ん」

「なんですか、そのやる気のない相槌（あいづち）は？　本当に何しに来たんですか」

これではオルフェーゼ様と同じじゃないか。

「やる気は大いにあるよ。で、リースル。君は何をどうしたいと思っているの」

「私ですか？　私は……そうだ！　殿下、今日はこちらには馬車でお出ででしょうか？」

私は今しがたやろうとしていたことを思い出し、勢い込んで尋ねた。

「ああそうだよ。二頭立ての馬車だ。もちろん紋章なんか入ってない、すっごい地味なやつ」

「あ～、なるほど」

それは大変都合がいい。地味な馬車なら、引く馬も一級品ではないはずだ。私は勇気を出して聞いてみた。

「あのっ！　ご無礼を承知でお頼みするんですが、馬を一頭貸していただけますか？　夕方までにはお返ししますので。殿下はオルフェーゼ様の持ち馬を使って王宮に戻ればよいかと思います」

殿下に貸すのなら、オルフェーゼ様も怒るわけにはいかないだろう。回りくどいが、仕方がない。

「馬を？　馬車ではなくて？　別にいいけれど、どうするんだい？」

「ちょっと、実家の近くまで急いで取りに行かなくてはならないものがありまして」

私は正直に言った。

「それはどうしても必要なものなの？」

にわかに興味が湧いたらしいサリュート殿下が身を乗り出した。嫌な予感がする。

「はい。……でも殿下にはなんの関係もないもので」

「必要なものって、なんなの？」

「え？　まぁ、ある種の薬で……」

「いい、今言わないで。後で教えてもらうから。じゃあ、行こう」

「はい！　ありがとうございます……って、えっと、馬をお借りできるんですよね？」

私はすたすた歩き始めた殿下の後を追いながら尋ねた。すごく嬉しそうなのが気になる。

「ああ、貸すよ。馬具はこちらで借りたらいい。だからリースル、私と一緒に行こう」

「え？　ええっ⁉」

嫌な予感が最悪の形で的中した。


数刻後、私はサリュート殿下と轡（くつわ）を並べて郊外を疾走していた。折よく雨が上がり、雲間から光が射す。

なんでこんなことになってるんだろう。夕方まで馬を一頭貸してくださいとお願いしただけなのに、わけがわからない。

横を走る王子様は艶（つや）やかな黒髪を風になびかせ、鼻歌など歌って機嫌よさげである。

しかし、本来なら彼は、直接口をきいたり、顔を見たりすることのない雲の上の存在のはずだ。

「リースルの実家は、この村を越えた小さな森の中にあるんだよね」

馬に水を飲ませるために休憩している時、殿下がいつになく真面目な様子で話しかけてきた。私は少し驚く。

「私の家をご存じなんですか？」

「知っているよ。これでも私は王族なんだ。ヨルギア家のことはお爺様から聞いていた。王都郊外の森の中に王家に忠実に、そして密かに仕え続ける一族がいるってことをね。ただ残念ながらというべきか、幸せなことにというべきか、ここ何十年、その技を必要とするような出来事が起きなかったせいで、それらは過去のこととして伝えられた」

「確かに私の祖父の代くらいに他国との戦はなくなりましたよね。仕事がどんどんなくなり、我が家が最後のエスピオンになってしまったと」

「そうだね。けど、昔は他国との交渉にヨルギア家の集める情報が役に立ったこともあったそうだよ。ヨルギアはエスピオンとして最も古く、最も忠実に我が家に仕えた家だ。ただその功績はあまり表には出せないものだった」

「ええ、そうです」

「だけど、私は昔語りに聞かされるその一族に、非常に興味を持った」

「それで殿下は我が家に仕事の依頼を？」

「そう。自分なりに調べもしたよ。だから君達が決して歴史の中だけの人ではなく、今を生きている人々なのだと知った」

　私はサリュート殿下の話に聞き入った。

「私達を――王家をひどいと思っているかい？　わずかな年金で長い間、君達を縛り付けている。契約を交わした当時のままの金額なんだってね。古い帳簿からその額を知って驚いた……今まで気づかなくてすまなかったね、随分苦労をしたんだろう？」

「それほどでも。祖父も父も王家を陰で支えるエスピオンを誇りに思っていました。ただ……エスピオンの仕事は私で終わりにしようと考えています。いえ、年金の額ではなく、もう宮仕えはいいかと感じているのです。妹達には普通の暮らしをさせてやりたい……」

それきり、会話は途切れた。私達は再び馬を走らせる。

雨上がりの道はぬかるんでいるので、遅めの駆け足だ。森の中は樹が多く空気が重く湿っていて、梢（こずえ）から絶え間なく水滴が垂れていた。私には懐かしい風景だ。

不意にサリュート殿下が口を開く。

「ヨルギアは連綿（れんめん）と続く立派なエスピオンの家系だよ。私は君に会えてよかったと思っている」

「ありがとうございます。光栄です」

私はその言葉に感動した。

——すごい！　私、第二王子殿下と馬首を並べているばかりか、なんと我が家についての話までしちゃってる！

「我が家はすっかり忘れられた存在だと思っていました。年に一度お金を届けてくれるお役人の方も、なんのお金なのか理解しておられないようだったし」

「そうだね。けど、私もオルフェーゼもヨルギアのことを知ってはいたんだよ。命を下したのは私だけど、案を立てて実行したのは彼だ」

私はその事実が嬉しいのか、つまらないのか、よくわからない複雑な気持ちになりながら、馬を進めた。次第に見知った場所に出る。

「あ、ここです。向こうに古い炭焼き小屋が見えるでしょう、あれがそうです」

私は木立の奥の小屋を指した。あそこからは我が家が見えるはずだ。

「扉の付近でお待ちください。薬を取ってきます」

小屋についた私は馬を降りた。しかし、サリュート殿下が当たり前のように馬を降りてついてくる。仕方なく中を案内することにした。

古い扉を開けると中には薬の香りが立ち込めている。ここは薬草や薬品を保存する小屋なのだ。もっとも今は特殊な薬はほとんど置いてない。主に、母が作る痛み止めや熱冷ましの薬があるだけだ。

私は手早く必要な薬の小瓶を取り出した。殿下は珍しそうに小屋の中を見渡している。

「これはなんの薬？」

「湿布薬です。練って布に塗って使います。あまりその辺を触らないでくださいね。中には毒薬もありますから」

だが、殿下は平然としている。

「毒？　それは怖いね」

「ごく少量なら薬になるものもあります。……ああ、急がないと。もう帰らないといけません」

私は、急いでいた。そんなに長い間、王子を連れ回すわけにいかない。

「ねぇ、リースル？」

けれど殿下はなおも呑気そうに小屋に居すわった。

「なんですか？」

「媚薬とかもあるの？」

「は？　ビヤク？」

何を言われているのかさっぱりわからなくて、ぽかんとした。気がついた時には殿下の顔がすぐそこに迫っている。絹のような黒髪が目の前で揺れた。

「さっきね、命を下したのは私で実行したのはオルフェーゼだって言ったでしょう？　実はね、私はそれをちょっと後悔してる」

「は？　殿下、どうしたんですか？　戻りましょう」

妙な雰囲気だ。薬品の匂いに中(あ)てられたのだろうか。

これ以上ひどくならないうちに帰ろう。

私は急いで扉に向かった。けれどその腕をぐいと引かれる。

咄嗟(とっさ)に躱(かわ)そうと体術を使うところを、なんとか踏みとどまる。彼は王子だ。無礼を働いてはいけない。オルフェーゼ様にも迷惑がかかる。

「本当に鈍(にぶ)い娘(こ)だね、リースルは。ここは『どうして？』って聞くところだろう？」

サリュート殿下はオルフェーゼ様と似たようなことを言った。あの時は「難しい女だ」だった。

一体、なんだというのだ。難しくても鈍(にぶ)くてもこれが私だ。

「じゃあ、お尋ねします。どうして、ですか？」

私は苛々と尋ねた。サリュート殿下の腕が、私の体に絡み付こうとしている。

「君には私が先に会いたかったからだよ」

「は？」

「ねぇ、リースル？　前に言ったことは嘘ではないよ。本当に王宮に来ない？」

「いき――」

行きません、ときっぱり断ろうとした途中で、どかんと小屋が揺れた。猛烈な勢いで扉が開いたのだ。

頭の上で小さな舌打ちが聞こえた。

扉を開けたのはオルフェーゼ様だった。険悪な表情を隠しもせず、こちらを睨みつけている。

「やぁ、オルフェーゼ。案外早かったじゃないか」

「……このくそ王子」

――うわぁ。オルフェーゼ様、面と向かって主君を罵った！

私は何も聞いていないことにした。これ以上の厄介ごとはうんざりだ。

「我が婚約者に手をつけようとするのはやめていただきたい、と申し上げたはずです。節操という言葉をご存じですか？」

オルフェーゼ様は狭い小屋を三歩で突っ切ると、乱暴にサリュート殿下から私を引き離した。彼の服からは雨と汗の匂いがする。

「お前に言われると腹立つよねぇ」

「お互い様でしょう。さ、帰るぞ、リースル」

「は、はい。でもなんで、オルフェーゼ様がこちらに？」

二人の間に流れる剣呑な雰囲気がいたたまれずに、私はつい口を挟む。最近もこんなやりとりをした気がする。

「勤めを終えて殿下のお部屋を訪ねれば、青い顔をした侍従から、いないと言われ、慌てて家に帰れば、殿下が急にいらしてお前を連れて出かけたと言うし――」

「あ、なるほど」

「ブリュノーは日暮れまでに戻ると言付かっていた。まさか殿下と一緒に公爵邸に乗り込みはしないだろうと思ってな。だとしたら残る選択肢はここしかない。なんで俺への伝言に残さなかったんだ？」

「ここには薬を取りに来ただけです。ご多忙なオルフェーゼ様を煩わせることもないかと思いまして」

「お暇な王子殿下を煩わせているではないか」

嫌味を込めた言葉は、あっさり返されてしまった。なんだかんだ言っても、オルフェーゼ様は殿下の身を案じているのだろう。

「申し訳ありません」

私は謝り、サリュート殿下は意外だとでもいうように片眉を上げた。

「おや？　お前は私を心配してくれていたのかい？　ちっとも気づかなかったよ」

「……どんな面倒なお方でも主君です。さぁ、戻りますよ！」

「まぁ、せっかくの遠出なんだし、そう急がなくても」

「デ・シャロンジュは今、外国の商人と取り引きしています」

オルフェーゼ様の言葉に小屋の中の空気が変わった。

「……ここでそれを言うのかい？」

サリュート殿下はもはや笑っていない。私はおろおろと彼らを見比べた。

「この間のリースルの探索でも判明しましたが……俺の調査の結果でも、奴は王家に捧げられた大切な技術を高値で外国に売り渡そうとしています」

「どこまで国のことを考えない奴なんだ。あんな奴と血が繋がっていると思うとゾッとするね。確かにこれは急がなければ」

殿下は人が変わったような冷えた声で言った。

「どうぞ私にお命じください！」

私は思わず声を上げた。

「控えろ！　リースル」

けれど、オルフェーゼ様に厳しい声で窘(たしな)められる。私は、はっと膝を折った。

「申し訳ございません、出すぎた真似を。ですが、どうぞこのヨルギアをお使いくださいませ！」

「ああ、ごめんね。リースル、こいつは君を責めたいわけではないんだよ」

サリュート殿下は、先ほどまでの硬質な雰囲気が嘘のような、朗(ほが)らかな声を出した。

「さて、最近なんだかお悩みの様子の伯爵閣下には、ちょっと刺激が必要だと思うんだがね……」

「俺は悩んでなどいません、ちゃんと仕事を果たしている」

オルフェーゼ様が無表情に答えた。

「あなたに言われなくても早晩手を打つつもりで計画を進めています。奴を潰す」

「ああ、そうしよう。でもリースルは、くれぐれも慎重にね」

「は。肝に銘じます！」

「では戻ろうか。少し長く留守にしたから」

「はい」

オルフェーゼ様が乱暴に開けたドアは蝶番が外れかかっていた。誰がこれを修理するのだろうか？　母か祖母が気がついてくれたらいいけれど。

私はもういろいろ諦めて、黙って従った。

梢からは幾筋もの陽の光が差し込んでいる。おとなしく繋がれていた馬に乗ろうと鐙に足をかけた時、オルフェーゼ様が私を呼び止めた。

「待て」

「なんでしょうか？」

「……会って行かなくていいのか？」

「はい？」

「すぐそこに家族がいるのだろ？」

私は思わず黙る。

彼は気がついていたのだ。私が一瞬、森の向こうに目をやったことを。

「……今はいいです。お役目に集中したいので。どうせ、もうすぐこの仕事は片がつくでしょう。そうしたら、すぐに帰りますから」

「そうか。ならいい……乗れ」

「はい」

オルフェーゼ様は馬を指して言った。そんな私達の様子をサリュート殿下が面白そうに眺めている。

「本当にもう、リースル、見ていられないね。君みたいな可愛い娘がそこまで自分に厳しいなんて。つらい話だよ。あ、もともと私のせいだけど」

「いいえ。お役目ですから。大丈夫です」

「でも本当に気をつけて。君に何かあったら私達は普通じゃいられない」

そうだ。私が失敗すれば、オルフェーゼ様がデ・シャロンジュ公爵に目をつけられてしまうかもしれない。そうなれば、殿下もただでは済まなくなるのだ。

「恐れ入ります。誠心誠意尽くさせていただきます」

私は身を引きしめて首を垂れた。

「リースル早くしろ！　担ぎ上げられたいか！」

向こうから、オルフェーゼ様が急かしている。さっきは、家に寄っていかないのかと尋ねたくせに。

　私が殿下を連れ出してしまったことが、原因なのだろう。殿下が勝手について来たのだが、そんなことは問題ではない。

　オルフェーゼ様はサリュート殿下にも厳しい目を向けた。

　オルフェーゼ様を追いかけて私は馬に乗る。

「馬車を森の外に待たせております。護衛もつけました。馬は拙宅のを繋いでおきましたので、戻られてから返してくださいね」

「君の家まで一緒に帰るつもりだったのに」

「これ以上無断で城を空けないでください。さぁ行きますよ！　そら！」

　三騎は瞬く間に森を抜けた。

　森の出口で私は一瞬だけ振り返る。薄暗い森の中の小屋はもう見えない。次にここへ来るのは、任務を果たしてからだ。それはそう遠いことではない。

「二人とも後ろを見てごらん！」

　郊外の道に出たところで陽気な声がかかった。振り返ると、サリュート殿下が馬を停めて空を指していた。

　大きな虹が視界に入る。

「うわぁ、綺麗」

「ね？　人生急ぎすぎるのはよくないよ。たまにはこうやって立ち止まって楽しまないと」

「楽しみすぎている方もいらっしゃいますがね」

オルフェーゼ様がぼそっとつぶやく。

「オルフェーゼ様ったら、憎まれ口を叩いていないで見てくださいよ。あんなにはっきりとした虹は久しぶりです。なんだか幸先いいように思います」

「……お前なぁ……」

オルフェーゼ様はため息をついた。けれど、それ以上何も言わず、空を見上げる。

虹は鮮やかな弓を空にかけながら薄暮（はくぼ）に消えていった。

「さぁ、行こうか……」

殿下が名残惜しそうにつぶやき、私達は王都に戻った。


「リースル。二度と俺に無断で動くなよ、いいな！」

屋敷に戻ったオルフェーゼ様は早速私にお説教を始めた。

実はなぜか、彼に叱られるのは、最近嫌ではない。

私は殊勝（しゅしょう）な体（てい）でうんうんと話を聞いた。心なしかオルフェーゼ様の口調はそれほど厳しくない。

彼はそんなに腹を立てていないのではないかと感じた。

だから私は、ちゃんと説明しようと思った。

「立派な理由があったんです。無断でお屋敷を出たことは申し訳ないですが」

「殿下と行かなければならなかったのか？」

「それは想定外でしたけど」

「その割にはなんだか言い寄られていたではないか！　あんなところに殿下と二人で行く必要があるとは思えん」

やっぱりまだお怒りのようだ。さっきから全然オルフェーゼ様の機嫌は直っていなかった。

「必要な薬を取りに行ったのです」

「薬？　なんの？」

「犬の撒餌（まきえ）のもとです。デ・シャロンジュ公爵邸には数頭の犬がいますから。忍び込む際に吠えられたら厄介なので、眠り薬入りの餌を撒（ま）きたいのです」

「……ふぅん」

オルフェーゼ様は胡乱（うろん）げな目で私を見つめた。

——ああ、まだ疑われてる。何かされそうだったのは私のほうなのに。

私はがっくりと肩を落とした。そんなに私を信用できないのだろうか？

「本当にそれだけで、殿下に何かする気はありません……。ところで、例の鍵の型はもう取られたのですか？　そのために召使を丸め込まれていたのでしょう？」

「鍵？　……ああ、取った。今職人に合鍵を作らせている……もうじき仕上がるはずだ。そうだ、もうじき……な」

——あれ？　なんだか語尾が妙に頼りない気がする。

少し気になったものの、今は先のことを考えるべきだと思い、私は提案した。

「では、出来上がったらすぐにでも潜入しましょうよ。入札は間もなく始まりますし、公爵は不正入札どころか、外国人に技術を売り払っているのでしょう？」

「……わかっている」

オルフェーゼ様の声がますます弱くなり、眉間には影ができた。

「あの、オルフェーゼ様、何か気にかかることでもあるのですか？」

「気にかかる？」

「最近、私と顔を合わせるのを避けていらっしゃるでしょう？　私に何か落ち度でもありましたか？」

「そんなことは……ない」

彼は私から目を逸らし、窓のほうを見た。

どうやら、図星のようだ。私が何か気に障(さわ)ることをしたに違いない。けれど、なぜそれを言わないのだろう。今まであんなにずけずけと指摘していたのに。

私は震えながら尋ねた。

「もしかして、恐ろしいことを考えていらっしゃいます？」

「恐ろしいこと、だと？」

さも意外そうにオルフェーゼ様は私に視線を戻す。

「たとえばこの役割を終えたら、王家のご身内である公爵の不正を知った私を粛清(しゅくせい)するとか」

「は？」

「いえ、たとえばの話です。けれど、ありえないことではないでしょう」

「……お前、そんなことを心配していたのか？」

「警戒していると言ってください」

「警戒……」

「この間はいろいろご無礼してしまいましたし」

「あれは俺が悪かったって言っただろう」

「それはもういいです。ではオルフェーゼ様は、この任務完了後の私の身の安全を保障してくださる、ということでよろしいですか？」

「お前は一体俺をどんな人間だと思っているんだよ？」

げっそりとした様子でオルフェーゼ様は椅子にもたれかかった。金髪がランプの光に照らされてとても綺麗だ。その姿は本当に絵になる。

「……女誑し（たら）の青年貴族、素直じゃないけど主君には忠実」

「それから？」

「剣の腕が立って、実務もでき、手先が器用。あと、声も素敵」

「ほとんど外見ばかりじゃないか」

「ああ、まれに優しいような気がします」

「気がって……お前」

言葉にはしなかったが私は知っていた。外見で騙（だま）されてしまいがちだが、オルフェーゼ様の本質は賢明で勇敢な武人だ。

「お前にはひどいことを言ったりしたりしたと思うが、俺は本当にこの国と王家のことを考えているんだぞ」

「それはわかっています。最初は私を信用されなかったのも、慎重さゆえですよね」

「まぁそうだ。この国は繁栄しすぎてしまって、内部の病巣にほとんどの人が気がついていない。外患がなくなると、内憂がはびこる」

「デ・シャロンジュ公爵のことですか？」

「そう。今のところ、彼が一番の内憂だ。役所も議会も、些細なことで自分達の名誉が傷つくのが嫌だから、大抵のことは見逃してきた。そして俺達には政治的な発言力はないので、サリュート殿下と共に力をつけるしかなかった」

「……そうだったんですか」

いつも皮肉の応酬をしているオルフェーゼ様とサリュート殿下の深い繋がりは、そういうことだったのか。つまり二人は古くからの同志だということだ。

「俺達は政治に興味がないふうを装いながら、密かに動いていた。それで見えてきたのは、この国の中に澱がたまりつつあるってことだ。皆、安定を求めて、見たくないものを見ないようにしている。だから俺達は辺境警備や外遊で経験を積み、少しずつ味方を増やしてきた」

「パッソンピエール様もそうなのですか？」

「そう。あいつは王立審問所の官吏だ。俺達は今回のような、放っておけない規模の不正や不公平に対処する手段を模索している。本当なら、サリュート殿下が国王陛下に進言するのが手っ取り早いんだが、官僚や議会のせいで、王室に実質的な政治力はほとんどなくなってしまったからな。王族が追及するには、誰もが納得するような確たる証拠が必要なんだ」

「なるほど」

話を聞いている内に、気づけば外はすっかり宵（よい）の口だ。急にずしっと疲れを感じてきた。

「いろいろとご事情はわかりました。でも、今日はもうお終（しま）いですね」

「いや。まだだ。支度しろ」

「え？」

今度は私が驚く番だった。

「パッソンピエールの家の晩餐会（ばんさんかい）に行くぞ」

「は！　え？　これからですか？」

「心配するな。実は前から招待されていたのだ。断るつもりだったが、お前が今、奴の名を出したんでこれから行くことにする。支度も大したことはしなくていい」

貴族の晩餐（ばんさん）は時間が遅いので今から行っても間に合うが、私は朝から馬に乗り続けていて、髪も服装もめちゃくちゃだ。支度に時間がかかる。

ためらっていると、オルフェーゼ様が「いいから早く支度しろ！　ジゼル！　急いでやってくれ」と、問答無用で追い立てた。

すぐにジゼルさんが心得たように姿を見せる。

「お任せくださいませ。リースル様」

時間がないのでお風呂は沸かせない。用意された蒸し布で顔や体を拭き、下着をつけた。ジゼルさんがテキパキと衣装を着せてくれる。

髪は少し湿らせて結い上げた。半年間でかなり伸び、もう鬘(かつら)は必要ないほどだ。

ジゼルさん含め、三人がかりであっという間に支度は終わった。

「いってらっしゃいませ」

侍女達とブリュノーさんに、にこやかに送り出される。

今日の衣装は、春にふさわしい淡い緑色だ。ジゼルさんの趣味は確かだが、肩がむき出しなのが気になる。「この程度は常識ですわ」と、自信を持って言われたものの、これでは潜入用の服を下に着込めない。この衣装は着脱が一瞬でできる、あの特別仕様でもなかった。

オルフェーゼ様に言わせると、今夜はそんな必要はないとのこと。友人宅の晩餐会(ばんさんかい)なのだからそうだ。なんの目的もなく貴族の屋敷に乗り込むのは初めてで、緊張した。

「時間がなかった割には、よく仕上がったではないか」

馬車に乗り込みながら、オルフェーゼ様が言った。

やっぱり褒められているのかどうかわからない。私は令嬢がよくするように、つんと横を向いた。

「ジゼルさんは天才ですから。でも、お断りされてもよかったのではないですか？　まだ間に合ったでしょう」

「いや、最近社交界に顔を出していなかっただろう。俺達は婚約しているのに、ここで怪しまれるのはまずいと思ってな」

「そんな理由でなのですか？　私達が一緒にいる時間はもうそれほどないし、大丈夫だと思います」

私はもともと体が弱いという設定だったはずだ。

「いいから黙って笑っていろ。それからそういうことを口にするな、態度に出るからな。怪しまれる」

「……承知いたしました」

そんなものなのだろうか？　私は無理やり自分を納得させながら頷いた。

そうしているうちに馬車がパッソンピエール様の屋敷に着く。

パッソンピエール様と奥方は、遅れて到着した私達を温かく迎えてくれた。

私はパッソンピエール様を観察する。穏やかそうに見える彼だが、おそらく中身は厳しい審問官なのだろう。

「よく来てくれたね。リースル殿もお久しぶり」

「お元気そうでよかったわ、オルフェーゼ様は優しくしてくださる？」

口々に声をかけられる。

「はい」

私は仲睦まじそうなご夫妻を少しだけ羨ましく感じつつ、微笑んだ。

この仕事が終われば私は家に帰り、元の静かな暮らしに戻る。不意に、それが寂しくなる。

「リースル様こちらへ」

奥方が優しく私を先導してくれた。

「最近顔を見せないから、どうしたんだと思っていたんだよ、オルフェーゼ」

「ああ、これでも枢密院の役員だからな。たまには忙しい時もあるさ」

「なるほど。お前の役割は、あのお顔がよくて面倒くさいお人柄の第二王子のお相手だからな。わかるよ」

オルフェーゼ様はパッソンピエール様と寛いだ様子で談話室に向かっていた。パッソンピエール様もサリュート殿下と仲がよいのか、彼をこき下ろしているのがおかしい。

談話室にはすでに数人の客が集っていた。ごく親しい人達だけが集まった小規模な晩餐会のようだ。

「オルフェーゼ様！」

駆け寄ってきたのは、あのローザリア様だ。相変わらず、紅色の綺麗な衣装を身につけていた。

「これはローザ嬢、こんばんは。いつもながらお美しい」

「オルフェーゼ様も素敵です。でも最近は以前より濃いお色目をお召しですのね」

そう言って彼女はちらりと私に目を向けた。

「あら、こちらご婚約者の……確か、リーサ様とおっしゃったかしら？」

「リースルですわ。こんばんは、ローザ様。春の展示会以来ですすね」

「ですわね。花嫁衣装はもう仕上がっていて？」

「は、な……花嫁衣装ですか？　それは……」

そんなものを注文しているわけがなかった。でも貴族社会の常識からすれば、結婚式の準備はもうほぼ整っているのが普通なのかもしれない。

私は思わず、オルフェーゼ様を見上げた。

「ありがとう。ええ、もうそろそろ仕上がりますよ。ですが、リースルは派手なことは好まない性質なので、あまり大っぴらにはしないつもりなのです」

彼は淀みなく応じた。さすがうまい躱し方だ。これなら、破談になったと言ってもあまり目立たない。

その時、扉が開け放たれた。晩餐の支度が整ったのだ。

客達は談笑しながらそれぞれの席に着く。すぐに食前酒と前菜が給仕され、主人であるパッソンピエール様が食前の挨拶を述べた。

いい匂い……

実は朝ごはんを食べた後、ばたばたと薬を取りに出かけてしまったため、何も食べていなかった。私はただいま大変空腹だ。

くぅ。

——うわぁ、ありえない……お腹が鳴ってしまった。淑女は決してそんな事態に陥ってはいけないのに。

晩餐は遅いが、午後にお茶の時間をとる彼女達は、空腹なんて知ってはならないのだ。

間の悪いことに、ちょうどパッソンピエール様の挨拶が一区切りついたところだった。そんなに大きな音ではなかったが、両隣の人には聞かれてしまったかもしれない。

その両隣はオルフェーゼ様とローザリア様だ。私はどうやってこの失態をごまかしたらいいのか、ものすごく焦った。

「おい、パッソンピエール。お前いつからそんなに長々と弁舌を振るうようになったんだ？　私はもう空腹で腹が鳴ってしまったぞ。喉も渇いた」

オルフェーゼ様がグラスを片手に言い放つ。洗練された振る舞いを常とする彼の無遠慮な姿に、普段を知る客達は驚いていた。

「え？　ああ、これはすまないね。では方々、心ゆくまで我が家の料理を堪能してください、乾杯！」

「乾杯！」

皆が唱和した途端に、オルフェーゼ様は勢いよく食べ始めた。銀器づかいの優美さはそのままに、すごい勢いだ。

「我が家の料理はそんなに美味いかい？」

「いやぁ、失礼。パッソンピエール、今日は一日中、ほとんど何も食べないで働かされていたからな、猛烈に腹が減っていた」

「ああ、いいよ。最近の君の振る舞いは優雅すぎていたからね。こっちのほうが若い頃に戻ったみたいで、私は嬉しいよ」

そう言うと、パッソンピエール様も同じようにがつがつと食べ始めた。

周りの客達は二人の様子をあっけにとられて眺めていたが、やがて笑い出し、場の空気は一気に和んだ。そして思い思いに談笑しながら楽しそうに食事をする。冷や汗を流していた私も安心して、料理に手をつけることができた。

前菜も肉も、魚も大層美味しい。

「あなた……愛されておられますのね、オルフェーゼ様に」

締めの水菓子が配られる前、隣のローザリア様が私だけに聞こえるくらいの小さな声で話しかけてきた。

そう、私だって気がついている。

オルフェーゼ様は、お腹の虫が鳴くという、淑女にあるまじき失態を犯した私がいたたまれない思いをしないように、わざと自分が目立つ振る舞いをしたのだ。

「羨ましいですわ。私、ずっとあの方のことが好きでしたの」

「そう……でしたわね」

私は慎重に言葉を選ぶ。確かオルフェーゼ様は彼女のお父上に今後の交際を断りに行っていたはずだ。

ローザリア様は静かに話し始める。

「私、前にあなたに嘘を申し上げたのです」

「嘘、ですか？」

「ええ。オルフェーゼ様はすべてのご婦人にお優しいけれど、決して私達未婚の娘とは個人的なお付き合いをされることはなかったのです。あの方は、最近病(やまい)がちな父に頼まれて私(わたくし)を何度か連れ出してくださっただけで、本当は恋人同士ではないんですの」

「……なぜそれを今、私におっしゃるの？　私に意地悪をなさりたかったのでしょう？」

「そうですわね。でも、先だって我が家にいらしてご自分のお立場を父に説明された姿や、先ほどのご様子を見たら、私(わたくし)はもうオルフェーゼ様を諦めたほうがいいと思えたのですわ。正直言ってまだかなり悔しいのですけど。あなた、それほどお美しくはありませんもの」

「た、確かにそうですわね。……でも、私達はまだ結婚したわけではありませんよ。なんの誓いも交わしてはおりません」

「まぁ、そんなことをおっしゃってよろしいの？　愛し合っておられるのでしょう？」

ローザリア様は美しい目を見開いて、私を見つめた。

「貴族の結婚は政略が多いのでございましょう？　私達もそんなようなものですわ」

「なんのようなものだって？」

割り込んできた美声は言わずと知れた、女の噂の主だ。

「私のリースルは夫の悪口を言っていたようだね」

彼は上機嫌でおどけた。

「夫」

そんなことを言っていいのだろうか？　結婚などしないのに。

オルフェーゼ様の考えがわからない私は、ただ曖昧に頷いた。

「ローザ殿には、これからもリースルと仲よくしていただきたいと思っている。これはおとなしいように見えてなかなか頑固な娘だけど、社交上手で友人が多いあなたなら安心だ」

「まぁ、オルフェーゼ様にそんなに持ち上げられては、お任せくださいと言うしかありませんわね」

ローザリア様は優雅に笑った。私の居心地の悪さったらない。

道楽貴族と世間に思わせているオルフェーゼ様だが、本当は真面目で情のある方だ。そのことを私はもう知っていた。

けれど、この振る舞いは残酷だった。

愛しているわけでもなく、ましてや結婚などするはずもない女のことを、自分に恋していた娘に平気で頼めるものなのだろうか?

私は美しく盛り付けられた果物を口に入れる。果汁たっぷりで美味なはずなのに、なぜかさっぱり味が感じられなかった。

＊＊＊

――ついに合鍵が仕上がってしまった。

その夜、オルフェーゼは懐の中にしまい込んだ鍵の重みを感じながら思った。

——俺は一体何をやってるんだ。

真夜中、着替えもしないで寝台にひっくり返った彼は、太い息をつく。

全く無茶苦茶な日だった。

王宮に出仕した帰りに合鍵を受け取って屋敷に着くと、リースルがいない。休む間もなくサリュートとリースルを追って森まで疾走した。そして、戻った途端、げっそりしているリースルにもっともらしい口実を告げて、パッソンピエールの晩餐会(ばんさんかい)に連れ出す。

そこで彼は、婚約者同士しっかり想い合っているかのようなやり取りをあえて繰り広げた。

その間リースルは怪訝(けげん)そうな顔で彼を見つめていた。その上、屋敷に戻った彼女は冷ややかな視線を彼に投げかけると、何も言わないで自室に引き上げてしまったのだ。

彼女にはオルフェーゼの行動が全く理解できなかったのだろう。

当たり前だ。彼自身にも説明がつかないのだから。

——つまり俺は、なんとかしてリースルを手もとに残しておこうとしているんだ。あれはこのまま再び野に放ってしまうには、あまりに惜しい存在だから。

自分を飽きさせない、面白く、興味深い女。目が離せない。放したくない。いつも傍に置きたい。

——俺らしくもない。

オルフェーゼは暗闇の中で苦く笑った。

「だから仕事はもうさせない」

最後の仕事はかなりの危険が伴うものだ。

リースルは犬を眠らせれば大丈夫だと思っているようだが、屋敷にはごろつきと変わらない警備の者がいるし、あの従者も油断できない。犬が眠っていることに気づかれれば、すぐに緊急配備がとられ屋敷から出られなくなるだろう。

――昼間堂々と俺が行ったほうがいい。

あの召使の娘はもう彼の言いなりだ。

デ・シャロンジュの予定を調べさせ、彼と従者の外出中に素知らぬ顔で訪問し、適当な口実を設けて待たせてもらう間に書類を盗み出す。王宮御用達の品々の入札前なら、内務省勤めの公爵は大忙しに違いない。外出の機会も多いだろう。

――できるだけ早く決行し、そして迅速にことを運ぶ。

やる気満々のリースルには悪いが、仕事を完遂させないことが、彼女を自分に縛りつける理由となる。

これまでの働きに対する報酬を彼女の家に送って、家族の心配はなくしてやればいい。

「すまないな、リースル。お前にはもうしばらく俺の相手をしてもらう」

しかし、不遜な言葉をつぶやくオルフェーゼの声は弱い。理由はよくわかっていた。

肝心のリースルの心が全く掴めないからだった。

6　夜を駆けるエスピオンの娘

「オルフェーゼ様、合鍵の件ですが」

「まだだ！」

パッソンピエール様の晩餐会(ばんさんかい)から二日。勇気を出して尋ねた私は、いきなり怒鳴られた。今夜も機嫌が悪いようだ。

それにもう間違いない。私はオルフェーゼ様に避けられている。

屋敷へ戻る時間が遅く、食事は外で食べている。私から話しかけると、今のように乱暴にあしらわれる。態度も所作もなんだか荒れていた。

すごく悩ましい。こんなに不安になるのは久しぶりだ。

最近のオルフェーゼ様は、どんどん変になっているような気がする。

犬用の薬を作ったり、暗器を研(と)いだり、体も鍛えて、私の準備は仕上がった。けれど、オルフェーゼ様はひたすら「まだ」と無愛想に繰り返すだけだ。

ここで怯(ひる)まず、今夜こそ問い詰めなければいけない。

「オルフェーゼ様！　お待ちください」

大股でどんどん階段を上っていく彼の背中に私は必死で追いすがった。

「ディッキンソン伯爵閣下！」

「……なんだ」

オルフェーゼ様は今にも雷を落としそうな顔で振り返る。

──うわぁ、こわ。

敬称で呼んだことをうっかり後悔するところだった。

オルフェーゼ様の翠の瞳が冷たい色に光る。しかし、心なしか少しやつれて、憂いを秘めたその姿は美しくもあった。

もっとも、今はそれどころではない。なんとしても私の話を聞いてもらわなくてはならないのだ。

「名で呼べ」

地を這う声が絡みついた。

「はいすみません。ですが、オルフェーゼ様、私、何かいたしましたか？」

私は彼の横に並びかけた。階段下ではブリュノーさんやジゼルさん達が心配そうにこちらを見上げている。

「何かって、何をだ」

「だからそれをお尋ねしているんです。この二日、私とまともに話してくださっていませんよね」

「俺は大仕事を前に大変多忙なのだ。その時が来たらお前にもきちんと伝える。そう言ったはずだ」

「だけど、なんだか変な気がします」

「何も変じゃない。いらぬ詮索をするな」

「そうでしょうか？」

「なんだと？」

「オルフェーゼ様、私に隠し事をしておられませんか？」

私は単刀直入に尋ねた。

「……お前に隠し事？　心外な。俺がお前に一切合切（いっさいがっさい）を打ち明けるわけがないだろう？　俺の仕事は多岐に亘るのだ。全て教えてもらおうなどと思い上がるな」

「それはわかっておりますが、それでも公爵家に関することは教えていただかないと！」

「必要なことは伝えている」

「本当ですか？」

「しつこいぞ、リースル。今日は疲れているのだ。もう休むからついてくるな！」

そう言い捨てると、オルフェーゼ様は私を残して奥の自室へ消えた。廊下には私一人が取り残される。皆遠慮しているようで、二階には誰も上がってこない。

「はぁ」

私は壁に背中を預けて息をついた。仕事の件で彼とぶつかったのは、これが初めてだ。正直とても怖かった。

けれども絶対に、オルフェーゼ様は何か隠している。

久しぶりに近くで見た彼の顔は、明らかに消耗していた。それに私の目を一度も見返さなかった。

私に知られたくない何かがあるのに違いない。それも、仕事のことで。

これはエスピオンの勘だ。

そっちがその気なら、私にだって考えがある。

ここまで一緒に仕事をしてきて、今さら蚊帳(かや)の外に出されるのは不本意だ。

不本意――いや、そんなものじゃない。

私は彼と仕事をやり遂げたいのだ。デ・シャロンジュ公爵の屋敷に潜入し、不正の証拠を必ず手に入れる。そして、エスピオンの私を認めてほしい。

――いや、それも少し違う。

私は壁にもたれたまま、目を閉じた。硬くて冷たい壁が私の弱い心を支えてくれるようだった。

「オルフェーゼ様……」

綺麗で賢くて意地悪な伯爵閣下。

私はあの方に、私自身を見てもらいたいのだ。

どうしてだかはよくわからない。でも、私はオルフェーゼ様に惹かれている。この仕事が終わっても、エスピオンとしてではなくとも、このまま一生お仕えしてもいいくらいに。

あの姿を見て声が聞けるなら、下働きで構わない。必要な時に、偉そうに命令を下し、私の能力を使ってほしい。

どうにかして、彼が私を避けるようになった理由を探(さぐ)らなくては。私に何か問題があるなら、それを知らなければならない。

私は本気だった。

「あまり私を舐めないでいただきたいですね、伯爵閣下」

オルフェーゼ様の部屋の扉は固く閉ざされている。灯りは漏れていない。もう休んでしまったのかもしれなかった。

けれどもこの闇をこじ開けなければならない。一度くらいは。

私は扉の向こうにいるはずの人を睨みつけた。


「な！」

……にこれ！

あれからオルフェーゼ様の部屋に潜入した私は、漏れ出そうな声を慌てて押し殺した。いけない。いくら私が気配の消去に長けたエスピオンでも、声を出せば台なしだ。衝立を隔てた寝台ではオルフェーゼ様が眠っている。

私は息を詰めてしばらく待つ。幸い彼は目を覚ましていないようだ。さっきの様子からして、よほど疲れていたのだろう。卓の上にはお酒の瓶と杯が載っていて、その瓶はほとんど空だった。

どうやらお酒の力を借りて眠ってしまったらしい。

それにしても、これは一体どういうことだろう？

私は脱ぎ捨てられていたオルフェーゼ様の上着の隠しから、鍵を指で摘み出した。真鍮の輪に通された真新しい大小二つの鍵だ。小さな鍵は作りから見て、どこにでもある部屋の鍵だろう。もう一つは柄が長く、複雑な構造の鍵山が並ぶ特殊な形状の鍵だ。おそらくあの黒い箱の鍵だった。

――こんなのってひどい。

私は泣くに泣けない気持ちで二本の鍵を睨みつける。

この事実が示すことは明白だった。

オルフェーゼ様は、私を――ヨルギアを見限ったのだ。

理由はわからない。もしかしたら、もっといい手駒を見つけたのかもしれない。

このままでは、仕事を完遂できなくなってしまう。手柄は、他の誰かのものになる。

私は生まれて初めてと言っていいほどの強い感情が湧き上がるのを意識した。

これは怒りと、そして悲しみだ。

報酬が欲しいのではない。私は彼の信頼が欲しかった。

美男子で、ご婦人達に微笑むオルフェーゼ様の、裏の顔を知っているのは、この私だけ。偽りの優しさや微笑みではない、私だけに寄せる信頼が欲しかった。

それなのに、オルフェーゼ様は、最後の最後で私を信用してはくれなかったのだ。

私は二本の鍵をぐっと握り、唇を噛みしめる。そうすることで、激しく沸き立つ感情をなんとかやり過ごした。

――今夜。そう、今これからすぐ行こう。デ・シャロンジュ公爵の屋敷へ！

衝立の向こうにいる人には、こっぴどく叱られるだろう。「俺に無断で動くな」と彼は命じた。

けれど、オルフェーゼ様が悪いのだ。

だからもういい。あれこれ考えては技が鈍くなる。

私はオルフェーゼ様が眠っているのを確認し、そっと露台から外に出た。

ぴったりした黒服に武器を忍ばせ、頭と顔に黒布を巻きつけると、準備は完了だ。

「さあっ！」

私は夜に向かって跳んだ。


「よし」

私は外壁の上からデ・シャロンジュ公爵邸を見上げた。

今宵は三日月だ。理想は新月の夜だが、贅沢は言えない。所々に雲があるから、月が隠れる瞬間を狙えばなんとかなる。

時刻は真夜中を二時間ほど過ぎていた。一番眠りの深い頃合いだ。

下を見ると想定通り、私の持つ薬の匂いを嗅ぎつけた犬達が集まって来ていた。やはり四頭もいる。この匂いのおかげで吠えられずにすむのだ。

私はできるだけ遠くに薬入りの餌を投げた。薬が効くまでの数分間、外壁で待機する。

「そろそろいいか」

犬の気配も警備の男達の姿もない。

私はそっと壁を下りた。そのまま一気に前庭を駆け抜け、彫刻伝いに三階までよじ上る。

ここまでは順調だ。さすがに窓の鍵は締められていたので、私は一番端の廊下の窓硝子に膜を貼り、穴を空けて鍵を開いた。

廊下は真っ暗だったが、見取り図で構造を完全に覚えている。書斎はすぐそこだ。

私は廊下を進んだ。上質の絨毯のおかげで足音は全くしない。

こんなに都合がよくていいものかと、高鳴る胸を抑えるのに苦労するほどだ。

まずは書斎の扉。

私は小さいほうの鍵を取り出す。不思議なくらい滑らかに収まり、かすかな音と共に扉が開いた。

さすがはオルフェーゼ様の依頼した仕事だ。

するりと中に忍び込んだ。今日は使われていなかったのか、部屋の中は屋外より寒い。

——あれだ！

扉の真正面に置かれた大きな書き物机の上に、あの黒い箱がある。

闇の中でそれは一層黒く、禍々しく見えた。この中にデ・シャロンジュ公爵の不正の証が収められているのだ。

私はもう一つの鍵を取り出した。情けないことに指先が震えている。心臓の音がうるさいくらいに頭に響いた。

私は一度手を固く握りしめてから、小さな鍵を差し込んだ。

かちり。

箱の鍵が開いた。

中には書類が七割がた詰まっている。上のほうの紙は多分見せかけだ。それを捲り上げると、厚めの封書があった。

――これだ！

私は底まで指を突っ込んだ。

「……っ！　痛ぅ」

指先に鋭い痛みが走る。

思わず手を引っ込めると、革の手袋の先が切れて血が滴り落ちていた。書類の間に刃物が仕込んであったのだ。

甘かった。おそらく薬品が塗布してあるに違いない。

私は慌てて血を吸い出し床に吐き捨てた。けれど、全部は吸い出せなかったのだろう、目眩がする。

指先の感覚が鈍り、視界が狭まる中、私は封書の書面を確認した。そこには談合に加担しているらしい商人とデ・シャロンジュ公爵の署名がはっきりと記されている。十分な証拠だ。

私は覚束ない手つきでなんとか書類を封筒に入れ直し、懐に突っ込む。

あとはここから逃げるだけ、それだけだ。

「……うう」

さらに目眩がひどくなり、全身から汗が噴き出した。この部屋の露台から外へ逃走することは無理だ。

私が墜落死しても問題はない。今の私がオルフェーゼ様の婚約者だとは誰も思わないだろうから。

しかし、それではせっかくの証拠がオルフェーゼ様の手に渡らなくなる。

ここはなんとしてもこの屋敷から逃げ延びねば。

私は腰に仕込んでいた短剣で、服の上から太腿（ふともも）を浅く刺した。混濁（こんだく）しかけた意識が痛みで呼び覚まされる。

よろよろと書斎から抜け出し、階段を下りた。このまま裏口から外に逃げ出そう。

しかし、そううまくことは運ばなかった。裏口には南京錠（なんきんじょう）が掛かっていたのだ。いつもなら道具でこじ開けられるが、痺（しび）れかけた指先では外せない。

幸い裏口の横に窓があった。躊躇（ためら）っている暇はない。

私は近くに敷いてあったマットをひっ被ると、頭から窓に突っ込んだ。

派手な音がして、硝子（ガラス）が飛び散る。私はすぐに立ち上がって、走った。

「おい！　向こうで硝子（ガラス）の割れる音がしたぞ！」

「なんだと⁉」

「裏口のほうだ！」

「あ⁉　犬が眠らされている！」

「侵入者だ！　お前はライリーさんに知らせてこい！」

警備の男達が騒いでいた。あの従者（じゅうしゃ）にも知らせが行くようだ。

――まずい。

私は流れ落ちる汗を振り払い、腰の短剣を構える。運悪く、雲が切れて月が顔を出した。

「いたぞ！　あそこだ！」

「捕らえろ！」

このままでは捕まる。それでも、今の私には自分の背丈の倍以上ある塀を乗り越えることはできそうになかった。近くに樹木もない。

仕方なく声とは逆の方向に逃げた。地面がぐにゃりと歪む感覚に襲われる。

私は自分でつけた腿の傷を握りこぶしで思い切り殴りつけながら走った。

痛みでなんとか気を失わずにすんでいる。今や痛覚だけが私を支えていた。

後ろから影が迫ってくる。

「この野郎！」

振り返ると、男が棍棒を振りかざしていた。それを右に躱す。そいつは体勢を崩したが、すぐに別の男が現れた。この男は大振りの刃物を持っている。

月光を鈍く撥ね返す刃が迫り、私は横っ跳びに逃れた。けれど、刃先が腕の皮膚を掠める。血が飛んだが、それに構う暇がない。

すぐさま第二撃が来る。

今度は短剣で防いだものの、力に押されて撥ね飛ばされてしまった。他にも幾つか小型の武器を体に装着しているが、それで通用するのか。

男達に背を向けて走る。やがて向こうに正門が見えてきた。

蔦の模様を彫刻した優美な門は外壁より低く、越えられる可能性がある。

けれど、なんとかたどりついたそこで、男達に追いつかれてしまった。

「もう逃げられないぜ！　公爵様のところにしょっぴいてやる！」

逃げ道はない。

「おい待て、こいつどうやら女みてぇだ」

後から来た男が私を見て言った。気がつけば、顔に巻いていた黒布がとれている。

「本当だ。おい盗人（ぬすっと）の姉ちゃん、顔を見せろや、なあ」

男達は自分達の数と体格から有利であると判断して油断しているようだ。そこで私はわざとよろけてみせた。男達がいやらしい笑いを浮かべて屈み込む。

――千載一遇（せんざいいちぐう）の好機！

私を捕まえようと伸びる腕から逃れ、男の肩に跳び乗った。怒った男が勢いよく立ち上がるのをばねに、一気に門の鉄柵に跳びつく。そのまま蔦（つた）の彫刻に足をかけて一気に乗り越えた。

しかしそこで一層目眩（めまい）がひどくなり、握力を失った私はそのまま路上に落下する。体をしたたか石畳（いしだたみ）に打ちつけた。

だが、その痛みで正気に戻った。まだ行ける、何としても逃げるのだ。ふらふらと立ち上がり往来を駆け出す。

「こいつ！　俺を踏み台にしやがった！」

「ライリーさんが来たぞ！」

「おい、鍵を持ってこい！　あの様子じゃそんなに遠くには逃げられねぇ、捕まえるぞ！」

男達の声が聞こえた。

私の気力は限界を迎えていた。お屋敷に戻る力は残っていない。ほどなく追っ手に捕まるだろう。

私はたった一つの目的の場所へ、力の抜ける手足を奮い立たせながら走る。

あの樹。あの洞（うろ）のある街路樹へ。

あの樹のことを話した日がすごく遠くに感じた。

聡（さと）いオルフェーゼ様なら、きっと気がついてくれる。

もう少し、もう少しだ。

「……あった」

太い枝の張り出しに見覚えがあった。この樹の上に洞（うろ）があるはずだ。

背後に騒がしい追っ手の声が迫ってきていた。捕まるまであと数分というところか。幸い月がまた隠れてくれたから、私がこれからすることは彼らに見えないに違いない。

すがりつくように太い幹に手をかけ、渾身（こんしん）の力で跳び上がった。そして葉の茂ったところにある洞（うろ）に、書類を突っ込む。

間に合った……

あとはできるだけこの場所から離れるのだ。

私は石畳（いしだたみ）へ跳び下りた。足に力が入らないので体を支えることができずに崩れる。

足音はもうすぐそこだった。人数が増えているようだ。遠くに馬の鳴き声も聞こえる。

けれど私は捕まらない。エスピオンは捕まるくらいなら死を選ぶのだ。取り囲まれたら一思いに首をかき切ってやる。

　ふと、皮肉な笑顔が脳裏を過(よ)ぎった。

　――死んだらあの方は私を認めてくださるだろうか？　リースルはよくやったと、家族に報告してくださるだろうか？　少しの間でも私を覚えていてくださるだろうか？

　もう一回だけ会いたかったな。あの綺麗な顔を見て、滑(なめ)らかな声を聞いて、不器用で可愛い心根に触れたかった……だって私は……

　私は首を振って気持ちを断ち切ると、壁伝いに進んだ。石畳(いしだたみ)に汗が滴(したた)り落ちる。走る力はもう残っていなかった。いよいよここが私の死に場所だ。

　見れば、腕や足からも血が流れていた。硝子(ガラス)に飛び込んだのだ、体中に無数の傷があるはずだ。

　エスピオンとして、課せられた命を果たし、死ぬ。きっと父も祖父も褒めてくれるだろう。

　向こうで男達の怒声が幾(いく)つも聞こえるが、意識がぼんやりして何を言っているのかはっきりわからない。

　ああ、なんだか激しい気配が近づいてきた。何か叫びながら、ものすごい速度でこっちに走ってくる。多分、追っ手の一人だ。

　視界を塞(ふさ)ぐ大きな黒い影。彼が私の死だ。

　私は小さな刀を取り出し、首筋に当てた。金属の冷たさが火照(ほて)った体に気持ちいい。

　私、リースル・ヨルギアはここで死ぬ！

　ぐっと柄(つか)に力を入れた刹那(せつな)、腕に何かが強くぶつかり、握った刀を吹き飛ばした。からんと乾いた音が辺りに響く。

――いけない！　これでは生け捕りにされる！

幾つも忍ばせている武器に再び手を伸ばそうとするが、指先がうまく動かない。膝の力が抜けて、壁を背にしたまま体がずり落ちた。

その間に複数の足音が大きくなる。ついに囲まれてしまった。

目の前に大きな影が立ちはだかった。その影は私に向かって低く何かを囁いたようだが、うまく聞き取れない。

――あれ？　何かが変だ。目の前の敵が……いない？　なのにすぐ近くで、かんかんと刃を交える音がする。

私は、霞む目で無理やり周囲を見渡した。

「な……に？」

男が一人戦っている。

相手は複数だ。

月明かりが乏しく、長剣を持った黒い影しかわからない。だが、影の剣技が非常に巧みなのはわかる。襲いかかる大柄な男の剣を流すと、返す刃がきらめいた。

「うわあっ！」

剣を取り落とした男が呻いた。おそらく指を切り落とされたのだ。この先、利き腕では武器を取れないだろう。

「……おい、気をつけろ！　皆でかかるぞ！　殺せ！」

男達は一瞬怯んだものの、数を頼んで一斉に影に襲いかかる。

――こんな時に加勢ができないなんて！

その時再び月が顔を出して、路上を浮かび上がらせた。

霞む視界の中には、長身の剣士と三人の敵。

剣士はすいと体を沈めると、男の真下から剣を突き上げた。

「ぐぎゃあっ！」

その刀身はぞっとする色に濡れている。刺された男が、わめきながらごろごろと転がった。剣士は長剣を一振りして血を払う。

――ああ、すごい……なんてすごい人なんだろう……

動きを止めた孤高の剣士、その乱れた金髪が月光に輝いた。

「さぁ、どうする？　急所は外したが、放っておくと仲間は死んでしまうぞ。だが、貴様も向かってくるというなら遠慮はいらん。貴様らは俺の大切なものを傷つけたんだからな、たっぷりと相手してやる……来いよ」

剣士に問われた男は、ものも言わずに走り去った。

全てはほんの短い間の出来事だ。

そして今なぜか蹄の音が迫る。複数の馬のようだ。

私は懸命に耳を澄まし、目を開けようとした。

「やぁこんばんは、公爵閣下。自ら出ましですか？　いい夜ですからな」

「お前はっ！」

「ええ、私ですよ。この間はもてなしをありがとうございました。でも、今ちょっと怒ってるんです」

「ライリー、この男を捕らえろ！」

「おや、警告したのに。それでもかかってきますかな？」

「何を!?　ライリー、こいつを殺せっ！　理由はどうとでもなる。そこに賊が倒れているしな！」

——賊というのは私だろうか？

ぼんやりしている中、怒号と金属音が飛び交っていた。再び刃の音が響き、男の苦鳴が上がる。

私はなんとなくその男の声があの従者のものに似ていると思った。

「これであんたの味方はいなくなった。気の毒だが手加減できなかったのでね。で、公爵。次はあんただ」

「き、貴様！　こんなことをして許されると思うのか！」

「許されますよ。私は王家の『懐刀』だから」

「何!?」

「安心しなさい。殺しゃしない。それは私の役目ではないのでね。それにもうすぐ私の上司がやってくる」

「上司だと!?」

「認めたくないがね。けど、あんたは少し痛めつけさせていただく。私の大切なものを傷つけたんだから。……いや、やっぱり殺してしまおうか」

美しく残酷な声がそう言い放った途端、鈍(にぶ)い音がして何かが倒れた。

「次はお前か」

剣士が私を振り返る。どうやらへたりこんでいる私のあちこちを触っているようだ。さっきのすさまじい戦いぶりが嘘みたいで、なんだかおかしい。

「何を笑ってる？　満身創痍(まんしんそうい)ではないか！　無茶をして……傷は……とりあえずこれで」

足と腕に布がしっかり巻かれていく。その指先に、体の熱さに、私はものすごく安心できた。

なぜか涙が溢(あふ)れて頬を伝い落ちる。

「次は涙か！　まったくなんて面倒な女なんだ……この俺をこんなに滅茶苦茶にしやがって」

「……ごめ……なさい」

私は最後の力を振り絞って腕を上げると、剣士の肩の向こうを指そうとした。

「オルフェーゼ様……」

「本当に無茶を」

途中でたくましい腕に抱き上げられた。幸せで、このまま死んでもいいくらいだ。

「……この馬鹿野郎……だが……している」

声はもうほとんど聞き取れなかった。ああ、もったいない。

そうして私の意識は闇に滑り落ちた。

7　恋するエスピオンの娘

父や祖父の歩んだ道を、私はつまらないものだと思っていた。

昔ならばともかく、この太平の世にエスピオンの出る幕など、もうありはしないのだ、と。

しかし、彼らは口を揃えて「いつかお役目を仰せつかる日のために、我らヨルギアは、日々の鍛練と精神修行を欠かしてはならぬのだ」と私に言って聞かせた。

そうして身につけた素晴らしい技の数々をほとんど使わないまま、祖父も父も逝った。それでも彼らは満足だったのだろう。エスピオンは決して表に出ないものだから。

毎年我が家に送られてくる幾ばくかの手当。それだけが、いまだ私達が王家に存在を許されているという、ただ一つの拠り所だった。

だから私はいつか必要とされる日のために、真面目に修業してきたのだ。我が家が本当は王家に使える家で、私がお役目のために鍛錬をしているとは周囲に気づかれないように。

それが日常だ。血筋なのか、体を動かすことは得意で、それほど苦にはならない。

それ以外の生き方なんて、考えたこともなかった。

――リースル……リースル……

美しい声が私の名を呼ぶ。

だけど、体が重くて頭ががんがんした。意識が混濁し、目を開けられない。

あれほど軽かった体は縛りつけられたようにちっとも働いてくれなかった。けれど時々――いや、かなり頻繁に水を与えられていることだけはうっすらわかる。それも、非常に妙な感覚で口腔に水分が満たされるのだ。

何やら熱く、弾力のあるものが口を覆い、それよりももっと熱くてとろりとしたものが私の唇を割る。そしてぬるい水が与えられる。かなり奇妙だったが、構わなかった。体が熱く、喉が渇いて仕方がないから。

私は意識の浅いところでたゆたいながら幾度も水を求めた。

次第に体が楽になっていく。

――リースル……リースル……

ああ、やっぱりいい声だなぁ。

だけど誰の声だったか思い出せない。

切なそうに、愛おしそうに呼ぶ声。ずっとこんなふうに呼んでもらいたかったはずなのに。

瞼を持ち上げたいけれど、どうしてもできない。

だから今は眠ろう。この声に包まれて。深く深く。


「リースル……おい、リースル！」

ようやく眠りが足りた頃、瞼に光を感じた。聞き慣れた美声が、少々うっとうしく耳もとで語りかけてくる。

「リースル……いい加減、目を覚ませ……覚ましてくれよ、なぁ……頼むから死ぬな」

「死にませんよ。縁起でもない！」

なんだか無性に腹が立って、私は大声を出しながら目を開けた。

「え⁉　何？　ここはど……あ！」

ガバリと半身を起こした途端、頭部をがつんと強打する。

「……っ、いったぁ」

私は頭を抱え込んだ。頭も痛いが、手も痛い。見ると、指が纏（まと）めてぐるぐる巻きにされていた。

——なんだこれ？

「おい！」

目の前にものすごい美男子がいる。輝く髪、金砂が散る翠（みどり）の瞳。

「リースル、お前、大丈夫か⁉」

「はぁ……オルフェー……ゼ様？」

「そうだ、俺だ。まだ少し熱があるな。冷やそう」

「……熱？」

「ああ、それに新たにこぶもできたぞ。いきなり起き上がるからだ。この石頭め！」

手慣れた様子で氷嚢（ひょうのう）を準備するオルフェーゼ様を、私は呆然と眺めた。彼の目の上は少し腫（は）れていた。たった今私がぶつけたからだろう。

だんだん、気を失う前に起きたことを思い出してきた。

飛び散る硝子。男達の怒鳴り声と足音。たくさんの傷。そして、月明かりの剣士。

私が失神したのが真夜中過ぎで、今は多分午後だから、あれから半日以上経っている。

「ほらこれでいいぞ。冷たすぎないか？」

「……大丈夫です。でも、すみません、痛かったですよね？」

オルフェーゼ様が氷嚢を私の額に押しつけた。

私はとりあえず、謝ることにした。王宮きっての美男子の顔に傷をつけてしまい、申し訳ない。

「お前ほどじゃない……だが、確かに痛かったな。心臓が止まるかと思った」

——そんな大げさな。ただ頭がぶつかっただけじゃないか。それに——

「心臓？　目の上では？」

「とぼけるな！　わかっているだろう！」

どうやら、たんこぶの件ではないらしい。

「……はい。私にお怒りなんですよね？」

「そうとも。俺は無茶苦茶怒っているぞ！」

勝手に部屋に忍び込み、合鍵を盗んだ上に独断で公爵邸に忍び込んだ件だ。あれほど無断で動くなと言われていたのに、見捨てられると焦り、行動を起こしてしまった。言い訳できない。

「……勝手に行動してしまい、申し訳ありません」

「そんなことじゃない！」

私はオルフェーゼ様に肩をがっちり掴まれてしまった。

どうしよう、今までで一番怒ってる！

瞳が翠の炎を噴いているようだ。けれど、勝手な行動についてでないのなら、何を怒っているのだろうか？

「お前、死のうとしていただろう！」

「え？」

「剣を投げるのが一瞬でも遅くなっていたらと考えると、寿命が縮むわ！」

「剣？」

そこで私は思い当たった。あの時私の刀を飛ばしたのは、追っ手ではなく、オルフェーゼ様？

そしてあれは剣だったのか。どうりで痛いわけだ。私はぐるぐる巻きにされた右手を見つめた。もしかしたら骨にひびが入っているかもしれない。鉄の塊が当たったのだから。当たりどころが悪ければ死んでいたんじゃないか。

「馬鹿め、ちゃんと力加減は考えた。それに鞘ごとだ」

——あ、そうだったのね。

私は少し安心する。

「リースル、顔を上げろ」

オルフェーゼ様の指が肩に食い込む。体中に小さな怪我があるため、結構痛い。顔をしかめたが、オルフェーゼ様は追及の手を緩めなかった。

「答えろ。なぜ死のうとした」

「……捕まると思ったので。私が生きたまま捕まれば閣下にご迷惑が」

「名前で呼べと言っているだろ！　そんなことで死のうとするなよ！　お前を巻き込んだのは俺なんだぞ！」

「でも、エスピオンはそういうものです」

「馬鹿、死んでどうする！　俺が刀を首に当てたお前を見つけた時、どんな気持ちがしたと思う！」

「ああ、急に重いものが飛んできて、びっくりしました。おかげで気を失わずにすみましたけど……まだ結構痛いです」

「大きめの短剣だったからな。だが死ぬよりはいい」

「ですが、当分利き手が使いものになりません」

私はできるだけ軽く言ったが、それがいけなかったらしい。

「阿呆！　ぐるぐる巻き程度ですんでよかったと思え！　自分を粗末にしおって！　この馬鹿者！」

「ひぃっ！」

情け容赦ない罵倒の嵐に頭がくらくらした。しかし、私はそれどころではなかったことを思い出した。

「あっ！　書類は!?　悪事の証拠！　どうなりました？　私、あの樹の洞にっ！」

なんでこんな肝心なことを今まで忘れていたんだ。

「早く取り戻さないと！」

我を忘れて寝台から跳び出す。けれど気がつくと、なぜか温かい胸の中にいた。

「あ……あれ？」

「リースル、大丈夫だ。落ち着け」

「でも書類がっ！」

「ちゃんと回収した。お前が最後に教えてくれただろう。俺にはすぐにわかった。何も心配する必要はない」

「よかった……」

安心してうっかり体の力を抜いた私は、崩れ落ちそうになったところを再び抱き直され、寝台に横たえられた。壊れ物を扱うように丁寧にされ、なんだか苦しい。

「頼むからもう無茶をするな。お前は傷だらけなんだぞ」

「すみません……」

落ち着いて確認すると、右手だけでなく、腕や足にも包帯が巻きつけられている。あちこちにある傷はきちんと処置がされ、柔らかい布があてがわれていた。

「それで、公爵は？」

「デ・シャロンジュ公爵は今頃審問所に引き出され、陛下の御前で断罪されている頃だ。もっとも、全身包帯まみれだがな。なに、首から上は無事だから大丈夫さ」

絶対大丈夫じゃないと思う。

「今まで調査した商人達の証言と、今回の談合の証文が決定的な証（あかし）となった。国外秘の技術を売り

「わかりました。もう死にはしません」

「自分を傷つけることもだ！」

「は……はい。あの時は気を失うまいと焦っていたもので」

「くそ！　俺がもっと気をつけていればよかった」

「はぁ……でもあの、さっきからオルフェーゼ様は何をおっしゃっているんですか？」

「そこからか！　わからないのか！　腹がたつ！」

またしても怒鳴られて、私は身を竦めた。

「あの……ごめんなさい。他に何がいけなかったのでしょうか？」

「いけないだと？　全くいけないことだらけだ。この二日間を俺がどんな思いで過ごしたと思っている！」

「申し訳あり――」

「だが、謝るのは俺だ……」

不意に声が弱くなり、美しい顔が私の首に埋められた。私の体に重みをかけないようにそうっと、けれども隙間なく。

首筋に熱いものが当たった。

「お前を散々こき使っておきながら、俺は土壇場になってお前を……行かせたくなくなったんだ」

「え？　でも、この仕事は私が――」

「わかっている。それでも行かせたくなかった。デ・シャロンジュは狡猾な男だ。俺のことだって全て信用していたわけじゃないだろうし、何か罠がある気がしていた。そんな想定できない危険に、お前を晒したくはなかったんだ。実際、俺はお前に消えぬ傷をつけてしまった。責任は取る」

　珍しく神妙な翠の目が私を見つめていた。とても近い。近すぎるくらいだ。

「……私は気にしませんし、無理に責任を取っていただかなくても」

「取ると言ってるんだ！」

「あ、はい。ではお願いします」

　どうも今日はすぐに怒鳴られる。しかし、どうやって責任を取ってくれるのだろうか。それがわからなくて不安だし、オルフェーゼ様もさっきから妙だ。どうしちゃったんだろう？

「もしかして鍵のことを黙っておられたのは、そういう理由だったのですか？」

「ああ。自分で奴の屋敷に忍び込もうと考えていた」

「……それはさすがに無理では……」

「何が無理なものか！　俺だってやる時はやる。現にお前を追い詰めていた奴らは全部叩きのめしたぞ。公爵も従者も含めてな。見ていただろう？」

「一応」

　薬のおかげで視界は不確かだったけれど、オルフェーゼ様の神がかった剣技は目に焼きついていた。それに一見飾り物に見えるオルフェーゼ様の剣が、使い込まれたものであることを私は知っている。

　ただ、実際に戦っているところは見たことがないし、軍隊時代の彼を知らなかったから、ここま

「……んっ」

伸しかかる熱いもの。

――ああ、ひどい。これはなんの罰なの？

せっかく頑張ったのに。そりゃ、言いつけを守らないで勝手に行動したのは怒られても仕方ないけど、ちゃんと不正の証拠を掴んだのに。

――なんで？　どうして私は口づけされているの？

強引で、熱くて、そして限りなく優しい。

これ以上は怖い。封じ込めた心の蓋が外れてしまいそうになる。息が詰まって苦しい。

「……苦しいです。オルフェーゼ様」

「嫌か」

オルフェーゼ様は唇を浮かせ、眉間を歪めて言った。

そんな目で見つめないでほしい。私はエスピオンなのに。

「い……やです。私は――」

「――俺のものだ」

オレノモノ？

どういう意味だろう？

再び口づけが深くなる。入り込んだそれは優しく絡まって私を愛撫した。絶対熱が上がっている。

もう頭が回らない。心の封印が弾け飛び、この刹那が全てになってしまう。

ああ、素敵。気持ちがいい。今だけ。この一瞬だけ私はこの人の婚約者——恋人だ。それで私はこの先ずっと生きていける気がする。

「リースル……リースル」

大好きなこの声。この声が眠っていた私をずっと呼んでくれていた。

私、この人が好きなんだ。いつから好きになっていたんだろう。意地悪で尊大で、時々優しい捻くれ者。でも命がけで助けに来てくれたこの人に恋をしてしまった。

結ばれることは決してない恋を。

いつの間にか、私の体は寝台に沈み込み、オルフェーゼ様の大きな体に覆い被さられていた。だけど苦しくはない、膝を立て、私の負担にならないようにしてくれているのだ。

彼の繊細な指先は夜着からはみ出た肌には触れているが、傷には触れずそっと撫でてくれる。だけど、なぜだか私はそれがもどかしかった。もっと強く、もっと隈なく触ってほしかった。

やがてゆっくりとオルフェーゼ様が体を起こす。

夢のような一時は終わった。二人の間にできた隙間に寂しさが入り込む。

それを感じているのは私だけなのだろうか？

「……お前は傷ついているからな。残念だが今はここまでだ。ゆっくり休め」

掠れた声でオルフェーゼ様は言って、指の背で私の頬に触れた。

「あの……私の役目は終わったのです……よね？」

私は言いようのない込み上げる想いを抑えて尋ねた。傷が癒えれば、すぐにでも私はこの屋敷を去らねばならない。

　しかし答えは意外なものだった。

「まだに決まっている」

「え？　なぜですか？　デ・シャロンジュ公爵の不正は暴かれて、断罪されたのでは？」

「そうだが、お前はもうそんなことを気にするな。今はただ体を治せ。な？」

　ずるい、そんな顔するのは。女心が揺さぶられるからやめて。

「は……い。ありがとうございます。治ったらすぐにこちらを出ます。もう婚約者ではありませんので」

「まったく、どうしてお前は……そんなにここが嫌か？」

「いえ、そういうわけでは。ですが、いつまでもこのままではよろしくないでしょう？」

　私は食い下がった。ここはきっぱり婚約を破棄して、私の立場を明確にしてほしい。第一、いつまでも結婚しないのは不自然だ。

　すると、オルフェーゼ様はいつになく沈んだ様子でため息をついた。

「話しただろう？　実母は俺を産んですぐに去った。ほったらかしの放蕩息子は、たまたま兄が夭折したため、この家を継ぐことになった。それが俺の立場だ」

「それが？」

「……俺は両親の愛情というものを知らない」

　オルフェーゼ様は口もとを引きつらせる。それほどおつらかったのだろうか？　お気の毒に。

だから彼は、女性を傍に置いておきたいのか。けれど――

「でも、オルフェーゼ様にはたくさんのご婦人がいて、親しくされてきたじゃないですか」

「ああ、ずっと求めていた。本当の俺と渡り合える女をな」

「女？」

「そして……お前を見つけた」

指が私の唇をなぞった。

「それが私……ですか？」

ぞくぞくする。私は馬鹿正直に喜んでいた。今ならばどんなことでもできそうだ。なんなら大屋根に跳び乗ってもいい。

「リースル……俺が嫌いか？」

「好きですよ」

私は重くならないように気をつけながら答えた。だって、主（あるじ）に恋心をさらけ出すわけにはいかない。

「でもオルフェーゼ様はこれからもご出世されるでしょう？　私がいたら邪魔ではないのですか？」

「出世になど興味はない。俺はつまらぬ人間だ。女は口説けても、それだけなのだ。お前は俺と初めて対等に渡り合えた女で、それが面白かった。愉快だった。だからお前がいい。お前にいてほしい」

それはとても胸に迫る言葉だった。なぜか目を逸らされているのが妙だが、きっと私に気を遣っているのだろう。

「リースル、俺のものになれ。俺に優しくしろ、傍にいてくれ」

「……傍に？」

「不安か？」

「そうですね……わかりました。オルフェーゼ様がもういいと言うまで、私はここにいます」

これが今の精一杯だ。私はエスピオンだから、本当の家族にはなれない。せいぜい情人というところだ。けれど、エスピオンだからこそ、ずっとお仕えすることができる。

いずれオルフェーゼ様が、ふさわしい家柄のご令嬢――たとえばローザリア様のような奥方様をお迎えするまで。それまで傍にいよう。

「なんでそんな弱気なんだよ。お前がいいと言ったろう。女らしくないくせに抱き心地のいいこの体が好きだ」

今、言い切った、体だって。やっぱりそうなんだ。

「とても褒められてる気がしませんが、わかりました。ここでお仕えすればいいんですよね……わわっ！」

返事をした途端、強く抱きしめられた。

さっきは休めと言ったくせに。でもここは寝台の上で、私はもう逆らえない。エスピオンでも、情人でも、もうどうにでもなればいい。

私はぐるぐる巻きの手でそっと彼の頬に触れた。

「その顔……そそられる。リースル」

降り注ぐ口づけ。そして口づけに次ぐ口づけ。そしてまたしても口づけ。息もつかせぬほどの。恋に不慣れな私にでもわかるくらい、それは情熱的な口づけだった。今この瞬間が私にとっての真実だ。

「あ……ふっ」

舌を締めつけられ、息苦しさに喘ぐと妙な声が出てしまって情けなくなる。でも、オルフェーゼ様も苦しそうだ。

「怪我人でなかったらこの場で全部奪ってやるのに」

「え!?」

この時ほど怪我人でよかったと思ったことはない。これ以上この壮絶な色気に中てられたら、絶対に寿命が縮む。もう口の周りはびしょびしょで息も絶え絶えだ。

「早く体を治せ」

散々いたぶったくせに、オルフェーゼ様は最後は優しく額に唇を押し当てると、私の布団を直して水を飲ませてくれた。だんだん夢見心地になってくる。

「……お休み、リースル」

この一幕でだいぶ疲れた私は、またもや眠ってしまった。

目が覚めた時は薄闇だった。

「私……また、寝てたんだ……」

もしかしたら、また丸一日くらい寝ていたのかもしれない。寝巻きや包帯が新しくなっていた。

周りには誰もいない。けれど、水差しの水が取り替えられているから、多分ジゼルさんが時々様子を見にきてくれているのだろう。

私は少し水を口に含むと、そっと寝台を下りた。少しふらつくが、汗をかいたためか熱は下がったようだ。傷はもうそれほど痛まない。きっといい医者が処置をしてくれたのだ。

豪華で趣味のいい部屋。どうやらここはオルフェーゼ様の寝室みたいだ。

「……オルフェーゼ様？」

あれほど私に迫り倒した美男子の姿はない。あれは私の願望が見せた夢だったのだろうか。だんだん自信がなくなってきた。

広い寝室の床をぺたぺたと横切る。向こうの扉に続くのは、彼の居間のはずだ。

「……ん？」

私ははっと立ち止まった。扉の奥から話し声が聞こえる。

エスピオンの性で私は気配を潜めて扉に張りついた。部屋の様子を探る。中には複数の人物。私の知らない男と女、声の様子からかなり年配の人達のようだ。そしてオルフェーゼ様の三人。

「あなた、私のことは行方不明だって言ったそうね」

「……それはうまく情に訴えたものだな。オルフェーゼ」

「嘘は言ってない。一時は確かにそうだったじゃないですか」

「あの娘さんの同情を引くために必死なのねぇ」

「同情されただけですけどね」

「まぁ、手強いこと。でもあなたも人が悪いわ。その娘さんは真面目で純真な方なのでしょう？　そんな話を聞かされたら絆されて当然。かわいそうに」

「まったくな。お前が両親の情に飢えているなど、どの口が言えたのだか。この恥知らずが！」

「そうよ。こんなに私達が愛してあげているのに。それにイングリッド様だって、あなたの誕生をそれは喜んでくださったのよ」

「お前らしいと言えばそうだが、あの娘さんをこの家に居つかせるためとはいえ、もっとましな嘘はつけなかったのか」

「父様の言う通りよ。ひどい人ねぇ、オルフェーゼ」

「父上、母上、もうその辺で勘弁してください。あのリースルを縛りつけるためには、こんなふうに言うしかなかったのです」

最後の言葉はオルフェーゼ様のものだ。

——なんだこれは。

私はふらりと一歩後退った。もうこれ以上聞くに耐えない。

扉を隔てた向こうにいるのはオルフェーゼ様とそのご両親、先代のディッキンソン伯爵とその奥方に違いなかった。つまりはオルフェーゼ様のご両親だ。

何があったのかは知らないが、今お二人はこの屋敷に戻っているのだ。でも確かブリュノーさんは、オルフェーゼ様の実母は行方知れずになっている、と教えてくれた。

それにオルフェーゼ様は、両親の愛を知らないと言った。だから私を望むのだと。

しかし今の会話から察するに、彼は疎まれているわけではないみたいだ。ご両親はむしろ仲がよさげだし、彼も大切に育てられたようだ。

——つまり何もかもが嘘……

私は拳を握った。傷ついた指先が痛んだが、そんなのは心の痛みに比べれば、何ほどのことではない。

彼は、今後も私を利用し、無制限に使役するために、同情を引くでたらめを聞かせたのだ。

あの口づけも、切なくけぶる瞳も、優しく抱きしめた腕も全て、女誑しのオルフェーゼ様の手管の一つ。これでは情人どころか、それ以下の扱いだ。

これならサリュート殿下のところに行ったほうがましだろう。

「……変だと思った」

思わずつぶやくしかなかった。

そんな嘘をつかなくても、私はオルフェーゼ様にお仕えする気でいたのに。情人でもエスピオンでも構わない、好きだから傍にいたかった。

悲しみが込み上げるが、どこかで納得している自分もいた。エスピオンの女を誰が本気で望むものか。

「もういい……」

オルフェーゼ様の心底が知れた以上、ここにいる理由はない。

私は素早く、露台に出た。この部屋を出るには、三人がいる居間の前を通り抜けなくてはならないから仕方ない。幸い陽は落ちていた。怪我をしているとはいえ、談笑中の人に気づかれないように行動するのは容易い。

案の定、露台を走り抜けても中の人々はちっとも気がつく様子はない。自分達の話を楽しんでいる。

外は涼しい風が吹いていて、火照った私の頬を冷ましてくれた。

暗い自室に戻ると、私は衣装箪笥の中に置いていた自分の持ち物を取り出した。ここにやって来た時に着ていた服を出す。目立たない私をさらに目立たせなくする茶色の革の服。

それを素早く身につけ鞄を持って、私は再び露台に出た。玄関は通らない。

正規の方法で去らなくとも構わないだろう。

怪我をしていても夜通し歩けば、夜明け前には我が家にたどり着けるはずだ。そして家族に事情を話してしばらく旅にでも出よう。

もう振り返らない。この屋敷も、オルフェーゼ様のことも。

私は迷わず手すりに足をかけた。

＊＊＊

負傷し、疲れ果てて眠ったままのリースルを、オルフェーゼは二日間ほとんどつきっきりで見守り続けた。

彼女は懐かない猫のような女だが、その本質は真面目で誠実だ。そして家族思いの優しい娘だった。

オルフェーゼはそれにつけ込んだ。

彼女は最初の印象こそぱっとしなかったが、よく見ればその瞳は理知に溢れ、顔も体つきも小柄ながら均整がとれている。所作はもの静かで、話しかけない限り黙っている。

エスピオンとはそんなものだと知ってはいた。

しかし、リースルには彼女だけが持つ神秘的な雰囲気があり、オルフェーゼはそれに魅せられていったのだ。

気がつけば、夜遊びをする気がなくなっていた。一時の恋の駆け引きよりも愉快なことがあると知ってしまったからだ。

リースルはオルフェーゼに媚びない。いくら意地の悪いことを言って注意を引こうとしても、平然としている。けれども仕事は確実で、慣れない貴族社会に苦労しつつも様々なことを探り出した。危険な任務も進んでこなす。面倒な令嬢達とも対等に渡り合う。

懐かぬ猫を手懐けて、この屋敷に居つかせたい。

だから、彼女にこの仕事を完遂させるわけにはいかなかった。手柄を立てることができなければ、彼女はここを出ていかないだろう。そう考えたのだ。

そんなあの日、夜半目覚めると、上着の隠しから鍵が消えていた。驚き慌てて後を追う。だが、リースルは一人で仕事をやり遂げてしまっていた。証拠を守るために自分を消そうとしてまで。

——思い出したくもない。

首筋に向けた刀を斜(はす)に構えた姿が脳裏に浮かぶだけで、嫌な汗が出る。

短剣を投げるのがもう数瞬遅れていたら、オルフェーゼはリースルの亡骸(なきがら)を腕に抱えることになっていただろう。

果たしてリースルは刀を手放して崩れ落ちた。背後から男達の声が迫る。

その直後現れたデ・シャロンジュ公爵とその従者(じゅうしゃ)には、手加減などしなかった。従者(じゅうしゃ)は馬ごと倒し、公爵は局部に傷を負わせ、当分寝られぬほどの恐怖を与えて気絶させた。

どうせすぐにサリュートの手が回る。それよりも今は傷ついたリースルだ。

そう考えたオルフェーゼがリースルに駆け寄った時には、彼女は気丈にも身を起こそうともがいていた。傷は多いが、命にかかわるものではないとオルフェーゼは判断する。

——毒か？

「……無茶をして」

オルフェーゼは自分の服を割(さ)いて傷を縛る。リースルは安心したのか、彼に体を預けて泣いていた。彼女が初めて見せた涙に、オルフェーゼはひどく動揺した。

「……ごめ……なさい」

いつか見た樹を指して彼女は気を失った。リースルは最後までエスピオンだった。

「この馬鹿野郎。だが……愛している」

彼の言葉が届いたとは思えなかった。

傷ついたリースルを抱えてオルフェーゼが屋敷に帰ったのは、夜明け前。ブリュノーに近所の医者を叩き起こさせて処置を命じ、王宮へは使いを出した。

リースルは高熱を発してなかなか目を覚まさず、オルフェーゼの気を揉ませた。

何度も名を呼び、熱を冷ますために口移しで水を飲ませる。時々息をしているか確かめるため、オルフェーゼは唇に頬を近づけた。

もう、自分をごまかせないことに彼は気がついていた。

——この娘をずっと傍に置きたい。誰にもやりたくない。

そして、領地に籠(こも)っている両親に急使を送った。

「惚れた女がいる。身を固めたい」

書簡に記した言葉に母の行動は早かった。父の首根っこを掴(つか)み、嵐のように馬車を駆り、一昼夜で王都までやってきたらしい。

「この子なの？　怪我をしているのね。だけど、なんていい面立(おもだち)の娘さんでしょう。オルフ、あなたにしてはよくやったわ！」

リースルの寝顔を見た母は、息子の選んだ娘の本質をあっという間に見抜いたようだった。

「シモーヌ……君はいつも正しいけれど、この娘さんの意向も聞いてみないとね。どうせこの捻(ひね)くれ者は何も伝えていないに決まっている」

父の洞察もまた鋭かった。

オルフェーゼの母シモーヌは父の最初の妻、イングリッドの侍女頭で親友でもあった。イングリッドは自分がもう長くなく、嫡男コルネイユもまた虚弱だったことから、伯爵家の未来を案じ、自分の代わりに子どもを産んでくれとシモーヌに頼んだのだ。

最初は断固拒絶したシモーヌだったが、イングリッドに何度も懇願された末に決意した。シモーヌはめでたく懐妊し、元気な男児を産み落とした。それがオルフェーゼである。次男の誕生を見届けたイングリッドは安らかに息を引き取った。

イングリッドに忠実だったシモーヌを次第に愛するようになった伯爵は、旅に出た彼女を連れ戻し、今では片時も離さないでいる。

つまりオルフェーゼは多少の負い目を感じながらも、決して不幸ではなかったのだ。だから伯爵家の秘された使命を受け継(つ)ぎ、王家を守る懐刀(ふところがたな)となった。

そして——オルフェーゼはリースルに出会った。

両親に責め立てられながら、オルフェーゼはふと隣室で眠るリースルのことが気になり、寝室を覗いた。昨日の午後から再び寝付いて丸一日が経っている。

「……リースル？」

先ほど覗いた時はまだ眠っていた。熱は下がっていたが、念のためにもう一度水を含ませて寝かせておいたのだ。

けれど、寝台は空っぽだった。窓がわずかに開いている。自分達の気づかぬ間に露台に出たのに違いない。しかし、なぜ？

オルフェーゼが急ぎ露台に出ると、今にも跳び下りようとしているリースルがいた。初めて会った日に身につけていた革の服を着ている。

彼女が去るつもりだとすぐに悟ったオルフェーゼは、大声を上げて駆け寄った。リースルが驚いて振り返り、一瞬目が合う。

しかし、彼女は跳躍のために体を沈めた。

「く！」

これ以上ないほど腕を伸ばすと、かろうじてリースルの指先を掴むことができた。しかし、リースルは重心を失い、露台から足を滑らせる。

「あっ！」

「くうっ！」

渾身の力を込め、落下するリースルを捕まえた。いかに彼女が身軽でも、体勢を崩したまま墜落すれば命にかかわる。しかも今は手負いの身だ。

「せあああ！」

オルフェーゼは膂力を振り絞ってリースルを吊り上げる。駆けつけた両親も手伝ってくれた。彼女の身が露台に上げられた時には、オルフェーゼとリースルはへたり込みながら息を弾ませていた。

「くそお前！　死ぬなと言ったろうが！」

「はぁ？　死ぬわけないでしょうが！　閣下が驚かせなければ普通に跳べてました」

「名前で呼べと何度言わせる、この馬鹿娘！」

「ええ、馬鹿ですとも！　オルフェーゼ様の作り話にまんまと騙されて！　ご両親は健在で、しっかり愛されてるじゃないですか！」

「作り話じゃない！　細かいところを言わなかっただけだろ！」

「それを作り話と言うんです！　嘘より性質が悪いわ。なんですか、あなた、大事にされて幸せじゃないですか。よくも騙してくれましたね。ただ働きの使いっ走りが必要なら、他を当たってください！　私は嫌です！　情人にもなりたくありません！」

「は？　なんでそこで情人が出てくるんだ！」

「ここに残るということは、情人じゃないですか！　私の身分なら！」

「身分なんて知らん！　お前がいいんだよ、俺は！　お前自身が！」

すっかり冷静さを欠いた二人は、互いの肩を掴みながら怒鳴り合った。

「あれほど言ったじゃないか！　俺はお前に、お前だけに傍にいてもらいたいんだ！　くそ！　この鈍感娘が！」

「馬鹿の次は鈍感ですか？　悪口もここに極まれりですね！　私は家に帰らせていただきます！」

「そんなことさせるか！　お前は俺の妻になるんだからな！」

「は？　つま？　つまってなんですか？　いくら私が馬鹿だからって、ちゃんとわかる言葉で話してください！」

リースルは堪りかねたように悲鳴を上げた。

「ねぇ息子や？　プロポーズはもっと女心に訴えるように行うものよ？」

不意に笑いを堪えた優しい声が、怒鳴り合いを遮った。

「え!?」

二人が同時に振り返ると、そこには寄り添って微笑む先代ディッキンソン伯爵夫妻の姿があった。

＊＊＊

「は？　つまり先代様は奥様にぞっこんで、二人の生活を邪魔されたくないから、さっさと隠居して領地に引き籠っていたと？」

居間に連れ戻された私は、なぜだか先代夫妻とお茶を飲む羽目になった。

オルフェーゼ様は部屋の隅の椅子に踏ん反り返っていたが、私は無視を決め込んだ。

「そうなんだ。後はこの優秀な息子がなんとかしてくれると思ってな。あなたには大変な迷惑をかけたようで申し訳ない」

先代の伯爵様が頭を下げた。息子とは違い、懐の深い人物のようだ。

「ええ。ご下命は嬉しかったのですが、正直大変でした。文句ばかり言われましたし」

「私からも謝るわ、ごめんなさいね。それがこの屈折したオルフの親愛表現なのよ。だってこの子、心が狭いから、よっぽど気に入った者でないと、そもそも連れ歩いたりしないわ」

「親愛表現と言われましても……。最初からこの婚約は仕事ですし。女の方と逢引もしてらっしゃいましたよ」

「最初のうちだけだ！　ここ半年の俺は、修道僧もかくやというくらいの聖人君子だった！」

オルフェーゼ様が部屋の隅から怒鳴ったが、誰も相手にしない。

「でもね、さっきの取り乱しようを見ても、あなたのことを余程好きなんだと思うわよ。あんなに必死の形相、母の私でさえ初めて見たくらい。この子いつも仮面を被って生きていたから」

「へぇ～そうなんですか」

ぶすっとしている貴公子の横顔を見て、私は言った。

「私はね、奥方のイングリッド様のことが大好きだった。だから、あの方の最後の願いを叶えて差し上げたんだけど……この子はね、私達親子がディッキンソン伯爵家を乗っ取ったように感じて、随分と兄のコルネイユ様に気兼ねしていたのよ。私が数年間旅に出ていた頃は、あの性悪王子と一緒になっていろいろなことに首を突っ込んでね。放蕩者(ほうとうもの)の振りをして」

「母上！　勝手なことを言うのはやめていただきたいですな！　俺は好きに生きただけです」

「はいはい、わかりましたよ、この天邪鬼さん」

シモーヌ様は肩を竦(すく)めた。

「オルフェーゼ、君が私の自慢の息子であることは間違いない。君の選んだ人生に私達は口出しはしないよ。好きに生きなさい。ただしこの娘さんに誠実であるように」

先代様はさすがの貫禄で息子を諭(さと)した。

「さぁ、あなた。私達はそろそろ休みましょう。明日、イングリッド様とコルネイユ様のお墓参りと王宮にご挨拶が済んだら私達はもう帰りますからね。後はあなた次第ですよ、オルフ」

シモーヌ様はそう言うと、私の頬に軽くキスをしてくれた。

「あ、そうそう。さっきブリュノーから伝言があってね、来週には花嫁衣装が届くそうよ」

「は？　花嫁……？」

そう言えばパッソンピエール様の晩餐会(ばんさんかい)でそんな話が出ていた。もしかしてあれは、本当のことだったのだろうか。だとすると、オルフェーゼ様は……あれ？

「俺は嘘をつかない。言ったことは実行する」

私は目を見開いた。

本当に、全く！　最初からこの人は、自分にだけは素直な人だった。やはり私は、すっかり騙(だま)されていたようだ。

「さぁ、リースルさん、今からあの子をうんとやっつけなさい。そして幸せにしてあげて」

シモーヌ様が、先代様と連れ立って部屋を出ていきながら声をかけてくれる。

後には私とオルフェーゼ様が残された。


「……また勝手に出ていこうとしたな」

彼はつかつかと部屋を横切り、正面から私を見下ろした。

随分、偉そうな態度だ。実際、偉いのかもしれないけど。でも、私は怒っている。

「そうですけど、今度は謝りませんよ」

だって、肝心なことは何も言わずに誤解させたオルフェーゼ様が悪い。

「それでいい。両親のことを隠していたのは悪かった。でも半分は本当だ。愛されてはいたかもしれないが、俺はこの家自体が重荷だった。家を出ることばかり考えていたな」

私は探るようにオルフェーゼ様を見つめた。

「リースル……何か言ってくれ」

「……今度は妻っていう任務なんですか？」

私はわざと拗ねてみせた。今までのことを考えればこれくらいの意地悪は許されると思う。

「そうだ」

「で、仕事の中身はなんですか？」

「そうだな。とりあえずいつも俺の傍にいることかな？」

「……いつも、ですか？」

「そうだ。俺だけがお前を傍に置ける。いや、置きたいんだ」

「いつから私を？」

「さぁな。いつの間にか、お前から目が離せなくなっていた。何かにつけ邪魔をするサリュート殿下に苛立っていた。何度も言うが、お前が一人で公爵邸に向かったと知った時は頭が煮えたよ。首に刀を当てているのを見た時は、心臓が凍りつくかと思った。それでわかってしまったんだ。俺にはお前しかいないってことが、な。許してくれ」

どうやら本気で反省しているらしい。私はこれ以上怒った顔ができなくなった。

「……許します。ですが、もしかしてただ働きですか!?」

「無論ただ働きだ」

「うわ！　ひどい！」

すでに吹っ切れた私は、遠慮なく文句を言う。

「そうとも！　絶対に放してやらん。お前は俺のものだからな。王宮にも行くなよ。あのくそ王子もいることだし」

もはや突っ込みはしないが、何度聞いても王子にくそはひどかった。

「な？　一緒に人生を歩いてくれ。きっと楽しいぞ。お前は俺の望み通りの女だ。危ないことはさせないが、たまには一緒に仕事をしてもいいな。お前は俺を退屈させない」

「やっぱりこき使うんじゃないですかぁ」

私は呆れ返った。けれども、胸の奥のほうからわくわくと湧き出すものを止められない。

「そうだ。まずは子どもだな。少なくとも三、四人は産んでもらうとして――」

「何さらっとすごいことをおっしゃりやがるんですか！」

思わず声を上げるも、取り合ってもらえない。

「だから危険な仕事はさせられないな。高いところに上るとか……」

「ねえ、人の話聞いてます？」

「聞いているとも。だからリースル・ヨルギア。答えは？」

「答え？」

「さっきの答えだ。何遍も言わせるなよ。俺の傍で笑え！　結婚しろ！　妻になれ！」

――まったくもう！

照れ隠しなんだろうが、いきなりこの態度だ。

「お母上の言葉を聞いてなかったんですか？　女心に訴えるようにとおっしゃっていましたよね？」

「お前とは最初からこんなだったしな。申し訳ないが、今さら変えられない。自分でもなんでこうなるのかわからんが、気持ちだけはある」

「でも、私を妻にしても、ディッキンソン伯爵家になんの得もないですよ」

私は、にやけそうになる唇を必死で引き結んで言った。

「家じゃない、俺が得をするんだ！　お前にもそう思ってもらえるといいんだがな。……なんで俺がこんなことを切々と説明せにゃならんのだ……」

「説明してくださいよ。私は馬鹿娘なんでわかりません」

「俺の言葉を逆手に取るな！　お前に惚れたんだ、リースル。首ったけだ！　ああ、わかったよ！　くそ！」

いきなりオルフェーゼ様は私の前に跪いた。貴族らしい優雅な所作で、驚く私の両手を取って自分の額につける。

「リースル・ヨルギア嬢。俺――いや、私はあなたを妻にお迎えしたい。どうか結婚してください。……これでどうだ！」

オルフェーゼ様は膝をついたまま顔を上げた。

「なんで最後は偉そうなんですか？」

「これくらい我慢しろよ、一応跪(ひざまず)いているだろうが」

「……報酬は？」

私は最後の抵抗を試(こころ)みた。今まで散々振り回されて、素直に従うのは癪(しゃく)なのだ。

「俺だ」

「え？」

「俺をやる。お前だけの男になる」

「え〜。こんなに金ぴかで無駄に豪華なもの、使い道に困ります」

「まったく鈍感で面倒で難しい女だ」

「悪口増えてます」

私の渋面(しぶつら)を見て、オルフェーゼ様は立ち上がり、私を抱き寄せた。熱くて大きな胸に。

「褒めている」

「私は貴族にはなれませんよ」

「そんなことはない。俺を含めて、貴族の名に値する人間なんてわずかしかいない。けれど、お前は真の貴族だ。正直で誇り高い」

「私は貴族でエスピオンってことになるのでしょうか？」

私は笑った。オルフェーゼ様も微笑む。いい目の保養だ。

「それは、承諾と受け取っていいんだな」

「そう受け取っていただいて構いません」

「なら、リースル、お前も言ってくれ。俺の欲しい言葉を今すぐに……な？」

切なく囁(ささや)かれると、背筋がぞくぞくする。でも、私が彼を好きになった理由は、その顔でも声でもない。

純粋で不器用で、本当は真面目な、その心根だ。

私に躊躇(ためら)いはなかった。ずっと彼のエスピオンでいよう。

「好きです、オルフェーゼ様、大好きです。お傍にいさせてください」

「そうだな。一生なら許す」

そうして私達は初めて、恋人同士の口づけを交わしたのだった。


「……で、実は気になることがあるのですが」

私は寝室へ引っ張っていこうとするオルフェーゼ様の腕を躱(かわ)しながら尋ねた。

「なんだ。俺は早く続きがしたい」

「今回の仕事の報酬はどうなるんですか？　まさかただ働きじゃ……」

いまいちオルフェーゼ様を信用しきっていない私は、生粋(きっすい)のエスピオンだと自賛してもいいだろうか？

「報酬は俺だって言ったろうが！」

「それはそれ、これはこれ。ちゃんと支払ってくださいよ」

「お前、それを今言うか？　色気がないな」

「だって……」

「お前の家にはすでに全額届けてある。俺の手紙つきでな」

「え？　そうなんですか？　いつの間に……」

「お前が寝ている間だ。俺は配慮のできる男だぞ、なんならお前の家族をこちらにお呼びしてもいい」

「それは……ありがとうございます。でも母も祖母も、多分森から出ないでしょうね。妹達にはちゃんとした教育を受けさせてやりたいですけど」

「任せておけ。ついでに嫁入り先も世話してやる。だが、今は俺の嫁のことだ。なぁ、リースル？」

「はい？」

「愛しているぞ」

「……私もです、オルフェーゼ様」

「なら、いいな？　体がつらかったら言えよ。俺は大事にしたい」

そう言うとオルフェーゼ様は私を抱き上げた。ドレスも宝石もつけていない、この家に来た時のままの、茶色の私を。

エピローグ　この婚約はお仕事ではありません

「……で？　私のいない間に君達二人で勝手に決めちゃったというわけか！」

王宮の奥まった豪華な部屋で文句を言っているのは、我らがサリュート殿下である。

私は今、オルフェーゼ様とサリュート殿下の私室にいた。

サリュート殿下は相変わらず、艶やかな黒髪を緩く束ね、異国風の素敵な衣装を纏って大変麗しい。ただ中身が残念だ。

「まぁ、わかっていたけどさ！　お前の趣味は知っていたからな、オルフェーゼ。追われるより追うほうが好きな性分だろう？」

「恐れ入ります」

「……ふん！」

私は、はらはらしながら二人の遠慮のないやり取りを見守った。

「というわけで、これはもう私の妻も同然ですから、余計なちょっかいは出さないでいただきたい」

「ふん、それはお前次第だな。で、挙式はどこで行う？　今はデ・シャロンジュの公判があるし、悪徳商人の断罪もあるからな。王家はあまり派手な協力ができないぞ」

「問題ありません。結婚式は郊外の森のリースルの家で行いますから」

「なんだって⁉」

「式はごく内輪でします。俺の両親もそれまでは王都に残ってくれるそうです」

「私はどうなる？」

「そんなこと知りませんよ。ご都合がつけばお忍びでどうぞ。でも、あなたはデ・シャロンジュ公爵弾劾の発起人となっているのでしょう。そんな悠長にしている暇がありますかね？」

「この！　一本取った気でいるなよ、オルフェーゼ。時間など自分で作るものだ」

「その通りですな。だから当分休暇をいただきます」

「休暇って、お前この数日登城してないじゃないか。今日だって遅いし……で、リースル、お祝いは何がいい？　あれ？　君、顔が赤いよ」

「え？　いえなんでもっ」

私は朝方までされていたことを思い返していた。

「怪しいなぁ。もしかして、もうこの手の早い男に何か嫌なことされちゃったかな？」

「さっ、されてません！」

「しただろ。今朝も可愛かったぞ」

「なっ、ちょっ！　何を堂々とおっしゃってやがるんですか？　私まだ怪我人ですし、ひどいことはされてません」

「ひどくないことはしたんだ？　ふう～ん」

喰えない二人に挟まれた私は、地面にめり込みたくなった。

「……まぁいいや。聞き流してあげるよ。で、リースルは何が欲しいの？」

「え？」

「結婚祝いだよ、私からの。宝石でも、衣装でも、なんなら優秀な従者でも」

「いえお祝いなど……お気持ちだけで結構です……ああ、それでは一つだけお願いがあります」

「なんだい？」

私の言葉にサリュート殿下だけでなく、オルフェーゼ様までも興味津々で覗き込んできた。

「私はエスピオンです。だからこれからもエスピオンとして、お役に立たせてください」

私はきっぱりと言い放った。

「それでこそ真のエスピオンだ。ヨルギア家には、永代の准男爵の爵位を授けようと思う。もちろん褒賞と小さい土地もね。ちょっと時間がかかるけど、私がちゃんと掛け合うから、心配はいらないよ。私のリースルの健気な働きにはとても感心したから」

サリュート殿下はとろけるような笑顔で言った。

それでは我が家は貧乏暮らしから抜け出せるのだろうか？　母や祖母は森から出ないだろうが、妹達には未来がある。

「すみませんが、俺の女を勝手に自分のもの呼ばわりしないでください！　それに報酬なら俺が十分なことをするつもりですので」

「いいじゃないか、爵位も土地もあって困るものではなし、了見が狭い男は嫌われるぞ」

「了見が狭い？　聞き捨てなりませんな」

　オルフェーゼ様が気色ばむ。

「そこまでです！　どちらのお心遣いも感謝して賜ります！」

　私は再び言い合いになりそうなお二人を遮った。結局のところ似た者同士の二人に、周りは大迷惑だ。

「まぁ、いいよ。お前達が私の傍にいてくれると、退屈しないしね。王宮の外にも気軽に出られる」

「何言ってるんです。いつだって、こっそり外出してるくせに。俺達の邪魔はしないでくださいよ」

「本当にそうです。殿下はこの国にとって大切なお方なのですから」

「それにもう、これに危ない橋を渡らせたくありませんからな！」

「わかったわかった。まったくよく似た二人だ、君達は。お似合いだよ。しばらく休暇をあげるから、さっさと結婚でもなんでもしてしまいなさい。さぁ、リースル、もうお行き。私の紋章がついた箱が届いたら、素直にもらっておくんだよ」

　サリュート殿下は美しく微笑み、そしてほんの少しだけ寂しそうに退出を促した。

「あなたにしては気の利いたお計らい、ありがたく頂戴いたします。とっとと帰るぞ、リースル！」

「はい！　では殿下、失礼いたします！」

　扉の前で私達は頭を下げる。サリュート殿下は鷹揚に手を振って、それに応じた。

そして扉が大きく開け放たれる。

「リースル！」

「はい！」

「駆けるか？」

「駆けましょう！」

オルフェーゼ様が手を差し出す。私はその手を握りしめた。そこから彼の心がぐいぐいと伝わる。

私達は手を繋ぎ、王宮の大廊下を走り出した。足の速さは私達の自慢だ。オルフェーゼ様の長剣がかちかちと音を立て、私の服の裾が大きく翻(ひるがえ)る。王宮へ報告に上がるというので一応礼装だが、スカートの丈は随分短い。私らしくと、オルフェーゼ様が仕立ててくれたものだ。

大貴族と地味な娘が手を取り合って豪華な大廊下を駆け抜けるという前代未聞の椿事(ちんじ)に、通りかかる紳士淑女は皆、口をあんぐりと開けていた。エスピオンにあるまじき注目の的だ。

荘厳なホールを突っ切り、中央の大階段を駆け下り、広大な馬車停めに出た。

「このまま止まらずに行けるか？」

「行けますとも！」

乗ってきた馬車を無視して、二人で王都の大通りに走り出た。

街は春だ。往来は人と花で溢(あふ)れている。この街に来てもう半年以上が経ったんだ。

半年前はこの手の温もりを知らなかった。

「あの樹のところまでだぞ」

息も乱さずに走りながら、オルフェーゼ様が私を見た。

あの樹。デ・シャロンジュ公爵邸から少し離れたところにある、洞(うろ)のある大きな樹。

ここからならすぐだ。

「もちろんです」

大通りから折れる。賑やかな通りを一つ折れただけで、辺りは嘘のように静かになった。この辺は大貴族の邸宅ばかりなのだ。

目指す樹はすぐにわかった。しかし――

「わぁ……」

私は言葉を失った。

昼間、しっかり見たことがなかったので気がつかなかったが、まるで別の樹のようだ。

よく茂った枝にびっしりと小さな黄金(きん)色の花が咲いていた。私が眠っていた間に花をつけたのだろう。翠(みどり)と金の美しい融合だ。

まるで誰かの瞳のよう。

「あの夜。この樹が俺を呼んだような気がしてな」

オルフェーゼ様はぽつりとつぶやいた。

「だから迷わずに俺はここまでたどり着けた」

「……そうでしたか。間に合ってくださってありがとうございます」

「もうあの洞(うろ)は使いたくないがな」

「え〜、結構便利だと思うんですけど。ほら、全然目立ちませんし」

「ちぇっ……お前は強いな」

「そうですか？　オルフェーゼ様だって十分お強いですよ」

「……そうだといいが」

私達は花咲く樹を見上げた。

「不思議なものだ……これが恋というものなのか。お前が愛おしくてかなわん。もう絶対に離れるなよ」

いつの間にか後ろから抱きしめられていた。そして私は撫でられて喜ぶ猫のように、うっとりとその胸にもたれたのだ。

「はい。私も恋をしていますから」

「ふん……信用してやる」

「……ねぇ、オルフェーゼ様？　最後にお伺いしたいことがあります」

「なんだ？」

オルフェーゼ様は、私をくるりと向き直らせ、その不思議な色合いの瞳で見つめた。輝く髪が木漏れ日を浴びて、本当に綺麗だ。

「馬鹿みたいに可愛いぞ。で、なんだよ？」

本当に、素直に褒められない人だ。黄金色の空の下、私は笑いを堪えきれなかった。

「――閣下、この恋はお仕事ですか？」